日本古典文学は、如何にして〈古典〉たりうるか？

──リベラル・アーツの可能性に向けて──

深沢　徹

武蔵野書院

【プロロゴス】

はじめに（本書の概要）

表題に示したように、本書は物語研究の立場からする、「古典」とは何かについての根源的な問いかけを意図している。「古典」は「古典」として既にあるのではない。それを「古典」として維持し、継承していく人びとの、たゆみない努力なくして「古典」は「古典」たりえない。この自明の事柄を、いわゆる〈リベラル・アーツ〉の営みとの関連で明らかにしていきたい。

「一国二制度」によって保障されていたはずの高度の自治を骨抜きにされた「香港」や、独裁的な権力者による言論弾圧のいまだ続く「ベラルーシ」の事例に見てとれる、昨今の国際情勢にかんがみ、自由平等の「市民社会」を今後とも維持し、継続していくためには、いわゆる〈リベラル・アーツ〉がどうあっても欠かせない。「表現の自由」と「基本的人権」を根幹にすえた民主主義社会を今後も死守し、次世代へと語り継いでいく上で、その重要性は、ますます高まる。デヴィット・グレーバー『民主主義の非西洋起源について』（以文社・二〇二〇）によれば、それは、自らを古代ギリシアの文化伝統を引き継ぐ正統な後継者と位置づけ、〈詐称〉

する、西欧近代社会の専有物では決してない。

にもかかわらず、〈リベラル・アーツ〉の必要性に対する人々の意識は、ここ日本では極めて低調である。一九九一年の「大学設置基準」の大綱化以降、教養教育課程（一般教育課程）の軽視と、その削減の動きが、各大学で進行した。日本の高等教育機関（大学）において、従来〈リベラル・アーツ〉の役割を担ってきたのは教養教育課程であった（教養教育や一般教育などのそれぞれの語の成り立ちのちがいについては吉見俊哉『大学という理念 絶望のその先へ』（東京大学出版会、二〇二〇）に詳しい）。その運営主体として、各大学には、「教養学部」や「文学部」、「文理学部」や「人文学部」などが置かれていた。だが、そうした〈リベラル・アーツ〉を主体的に担う学部は、現在、次々と廃止される傾向にある。国公立大学に至っては、教員養成系や人文・社会系の学部の廃絶までもが取りざたされており、カントのいう「諸学部の争い」さながら、教養教育課程の諸機能は、いままさに解体の危機にさらされている。「日本学術会議」の会員推薦人事に対し、菅内閣による不当介入のあったことは、今もって記憶に新しい。そうした趨勢にあらがって、〈リベラル・アーツ〉の重要性について、さらなる注意喚起を行う上で、本書は大いに資するところあるものと自認する。

まず確認しておきたいのは、近代以前の古文（古典語）で書かれた、過去の古いテキストだから「古典」なのではない。時代を問わず、地域を問わず、古今東西にわたり普遍的な価値を有するものが「古典」なのだ。そこにはいわゆる文学テキストだけでなく、哲学や史学、さらには社会科学のテキストも含まれることをあえて強調しておきたい。ただし、水村美苗が『日本語が亡びるとき—英語の世紀の中で』（筑摩書房、二〇〇八）で批判的に述べているように、ラテン語に代わり普遍語の地位を独占しつつある英語をも含めて、なにをもって普遍的価値とするかは立場によって異なる。そもそも〈リベラル・アーツ〉にしてからが、自由主義（リベラリズム）思想を喧伝するためのイデオロギー装置のひとつでしかないのであって、したがってそれを選択し、受け入れるのも自由だし、拒否するのもまた自由でなければならない。

かくして〈正統〉と〈異端〉、〈真理〉と〈虚偽〉、〈正義〉と〈不正義〉、〈美〉・〈醜〉などの諸価値をめぐってのイデオロギー闘争のアリーナとも「古典」はなりうる。そうした「古典」をめぐるヘゲモニー争いの熾烈なバトルに積極的に参画し、キリスト教文化圏の西欧における「古典」や、儒教文化圏の中国における「古典」に、おんぶにだっこで依存するのではない、日本に発する「古典」を、どのようにして立ち上げて行ったらいいのか。たとえば前近代から連綿と続く注釈活動を、文学以外の異領域（たとえば法哲学）のテキストと突き合わせることで批判的に継受するかたちで、あるいは異言語への翻訳や異なった媒体（たとえば演劇）への翻案活動などを通して。

物語研究をも含めた日本文学の関連諸学会が担うべき対社会的な使命（ミッション）は、まさしくそうした営みの内にしかないといって過言ではあるまい。ついては広く世界の趨勢を視野にいれ、その動向を多分に意識しての、活発な議論の展開されんことを、本書を通じて大いに期待したい。

以上のような態度表明のもと、近代以前は「古典文学」の枠組みでくくり、近代以後は「近代文学」と称してあやしまない私たちの、無自覚で怠惰な意識に覚醒をせまるべく、各論考において「古典」の「古典」たるゆえんを解き明かしていく。〈近代〉とはそもそも、「古典」に参照し、「古典」に依拠しつつ、それとの差異化を図ることにより、事後的に生み出された、多分に函数的な意識なのだからして。

＊　＊　＊

まずは導入（パロドス）として用意した書き下ろし論考「注釈、翻訳、犯し、あるいはリベラル・アーツとしての〈もどき〉の諸相」に、その骨子（＝問題の所在）は示される。「古典」とされたテキストに対する、絶えざる〈注釈〉や〈翻訳〉などの地道な文献学的操作を通じて、〈リベラル・アーツ〉は実践される。だがそれは、既存の枠組みや価値判断にもたれかかり、唯々諾々とそれにしたがう奴隷的な態度・精神であってはならない。ことの良し悪しは別にして、〈リベラル・アーツ〉はその語構成にも示されるように、古代ギリシアの自由市民が身に付けるべき教育課程として始まった。なればこそ〈リベラル・アーツ〉は、権威化され、正統化された当のテキストに疑義を差し挟み、異を唱え、解体再編する、ジャック・デリダの用語を借りて言えば〈脱構築〉する、「犯し」、「侵し」、「冒し」の、限りなく犯罪に近い行為でもあることを強調する。

以下にあつかう題材は、平安末期から鎌倉初期にかけての変革期に、主に「かな文」で書かれた文学テキストである。まず第一章「源氏物語の方へ」では、当時の社会にあって規範とされ、見習うべき手本として重視された「漢字漢文」の伝統に拠りつつも、それをもどき、解体再編するなかで、『源氏物語』のテキストの生成されてくる過程を跡付ける。副題に「作者紫式部にみる、ひそやかな反逆」と題した所以である。

続く第二章「日記文学の方へ」では、仏教者によって声高に唱えられ、喧伝された、「狂言綺語」のイデオロギー言説にあらがって、物語テキストを肯定的に受け止め、それを所有し、我有化していくことで、文化的ヘゲモニーを掌握し、独占していこうとした人々の、あられもない欲望のせめぎ合いを跡付ける。

第三章「歴史物語の方へ」では、通常は「漢文体」で書かれるはずの歴史叙述を、内容面（父系ではなく母系の系譜をたどること）でもどくこともさることながら、形式面（漢文ではなく、かな文を用いること）においてもこれをもどき、〈脱構築〉していくことによって、「かな書き」歴史書の書かれてくる過程を跡付ける。さらにはこれを柳田国男のいう「常民」の概念と結びつけ、そのときどきの主導的な思潮（イデオロギー）に抗するテキストの、オルターナティブな側面にスポットをあてる。

最後の第四章「王権論の方へ」では、日本の「仇討ち」の系譜の原点に、曽我兄弟の「反逆」行為を位置付け、その矛先が鎌倉幕府の創業者源頼朝に向かうとき、どういう事態が出来（しゅったい）するかについて、エルンスト・カントーロヴィチ『王の二つの身体』の所説に依りつつ分析する。『曽我物語』に見てとれる、しつこく獲物を追う兄弟の狩猟民的な行動規範を、ドゥールズ&ガタリ『千のプラトー』にいうところの「戦闘機械」としてとらえたとき、「国家」に抗するそのアナーキーな行為が、頼朝による「国家装置」の形成に寄与してしまう逆説的（アイロニカル）な理路を跡付ける。

「本来忠節も存ぜざる者は、終（つい）に逆意これなく候」と豪語した『葉隠』の逆説的言辞に触発され、西洋由来ではない、日本に独自の強度な主体性の確立を、すなわち日本版「リベラル」

の潜在的可能性をそこに見て、丸山眞男は「忠誠と反逆」の長編評論を書き上げた。そのひそみにならって、〈リベラル・アーツ〉の営みに、「謀叛」をも辞さない反骨の精神（それはジョン・ロックがいう社会契約説の中での「抵抗権」「反抗権」に対応する）を見出そうとするところに本書のねらいはある。

＊　＊　＊

なお以上のような章立てを行なうに当たっては、〈リベラル・アーツ〉に関連して、古代ギリシア劇の構成をもどき、それに倣（なら）った。

次いで、コロス（合唱隊）がオルケーストラ（円形舞踏場）へと入場し、集団で歌い踊る【プロロゴス】は前口上（プロローグ）の意で、当のこの文章自体がそれに当たる。

【パロドス】が位置付く。悲劇では十五名、喜劇では二十四名で構成されるこのコロスの中から、やがて音頭取りがひとり、楽屋（スケネー）の前の壇（プロスケーニオン＝舞台）へと昇って他のコロスたちと向き合い、掛け合いのやり取りが始まる。コロスと音頭取りとのこうした対抗関係から俳優（ヒュポクリテース）の役割が分化したとされている。

俳優（その数は三人までに限られていた）のセリフのやり取り（それはしばしばアゴーン＝論戦というかたちを採った）で展開するのが【エペイソディオン】で、劇の主要部分を構成する。

三つから五つの挿話（エペイソディオン＝エピソード）を設けるのが、古代ギリシア劇では通例で、次に触れる「スタシモン」と交互に配され、劇（ドラーマ）の展開に、その都度区切りを付けるはたらきをする。

続く**【スタシモン】**は、対抗とか対話・応答の意で、コロスがノイズのように介入して、「図」と「地」の反転をやってのける部分である。集団としての民衆（デーモス）の意志を誇示しつつ、アウロス笛やキタラー琴などの伴奏を伴って朗誦（コーラス）し、狂騒的な群舞を繰り広げる。最後の**【エクソドス】**は、英語EXITの語源となった言葉で、コロスの退場をもって劇を終息へと導く。

＊　＊　＊

古代ギリシア劇について多くを知りうる古典的なテキストとして、アリストテレス（前三八四～三二二）の『詩学』が挙げられる。現存するテキストは残念ながら第一部の悲劇論のみで、喜劇を論じたとされる第二部は散逸して今に伝わらない。

悲劇に先行する叙事詩との比較検討をめぐって、『詩学』は多くのページを割いている。というのもアテネを中心として紀元前五世紀頃に盛んに演じられたギリシア悲劇は、その題材のほとんどを、ホメロスの名で知られた叙事詩の二大作品、すなわち英雄（半神）たちの活躍するトロイア戦役をあつかった『イーリアス』と、トロイア戦終結後、故郷イタカへの帰国の途についたオデュッセウスの、その十年間におよぶ流浪の旅を描く『オデュッセイア』から取ってきているからだ。

叙事詩のジャンルから悲劇が生み出されてくる過程について、その語法上の違いや構成手法の特質に基づく両者の優劣をめぐり、『詩学』ではあれこれと論じられている。しかし一点、重要な問題が欠け落ちている。悲劇は文字表現を前提とし、初めから書かれたテキストとしての位置づけにあった。それに対し叙事詩は、文字以前の口承文芸としてあり、諸国を遍歴して聴衆相手に語りかけた吟唱詩人たち（彼らは文字の読み書きとは無縁の芸能者たちであった）により朗誦されたものであった。

モーゼス・フィンリー『オデュッセウスの世界』（岩波文庫）によれば、そもそも『イーリアス』と『オデュッセイア』の二つの叙事詩は、語法の上でも、その構成のあり方においても、とうてい同一作者のものとは思われない。ホメロスとは、複数いた吟唱詩人の総称なのであって、フェニキア文字との出会いにより、紀元前八世紀の後半に古代ギリシア語が書き言葉を獲得して以後も、そうした吟唱詩人たちの活動は相変わらず続いていて、口承のカタリの中でテキストは絶えず増幅し、流動変化をくり返していた。

ホメロスに仮託されつつも、さまざまなバージョン（異本・異説）で語られていたそれらの叙事詩を、書かれたテキストとして固定化したのは、一説によれば、アテネの僭主（ポピュリスト）として、あまり評判のよろしくないペイシストラトス（在位前五四五〜五二七）の仕業であったらしい。「専門家たちを駆使してホメロス原典を校合・確立し、いわばその定本を出版することでホメロスの真作問題に最終的な決着を付けた」（フィンリー前掲書58頁）とされるペイシストラトスの、その営みに呼応してか、アテネではこのあと、演劇活動が最盛期を迎える。叙事詩に題材を求めつつも、そこから大きく逸脱するかたちで様々なアレンジを伴いながら、数多くの悲劇作品が、以後陸続と書かれてくるのである。

ここで確認しておきたいのはただ一点、文字以前の口承文芸としてあった叙事詩に題材を求めつつも、古代ギリシア劇は初めから書かれたテキストとしてあったということだ。コロスや俳優たちは、韻律を伴ったセリフと歌でもって、またエネルギッシュな群舞と仕草とによる身体演技でもって、その悲劇の書かれたテキストを、後から模倣・再現（ミメーシス）してみせるという関係にあった。結果、統御されえぬ身体の暴力的な動きが曳きだされ、狂騒的な土俗の乱声（らんじょう）の、おのずからなる湧きおこりがありえたとしても、その逆では決してなかった。

それと同じに、物語テキストを主な題材としてあつかう本書もまた、書かれたテキストに先行して文字以前の口頭のモノガタリが存在したと想定し、そこにテキストの〈起源〉を求めて行くようなロマン主義的な発想は採らない。これは、大磯宿（しゅく）の遊女虎（とら）（十郎祐成と恋仲だった女性）に代表される遍歴の芸能者たちにより持ち伝えられた、鎮魂を意図した口承文芸の先行がしばしば言われる『曽我物語』のテキストをも含めてのことであって、先に述べた各章の概要からも明らかなように、本書では、批判（＝もどき）の対象とされる書かれたテキストの先行が、つねに、すでに、前もって想定されている。テキスト相互の、もどき、もどかれる、その主客の関係性（＝間柄（あいだがら））から浮かび上がってくるであろう新たな表現の可能性を、以下に探っていく。

目次

目　次

目　次

πάροδος

【パロドス】

注釈、翻訳、犯し、あるいはリベラル・アーツとしての〈もどき〉の諸相

あなたがたは、夜であれ昼であれ、ギリシアの手本を手に取って学ぶように。

（ホラーティウス『詩論』より）

一　ひとつのエピソードから

いまから十数年ほど前のこと、海外協定校との学術交流を積極的に押しすすめていた勤務先の大学で、中国の、とある大学から招かれた副学長級の人物に、一時間ほどの講演をお願いしたことがあった。中国ではそのころ、鄧小平によって提唱された改革開放路線がようやく軌道に乗り、「批林批孔」のスローガンのもと、今まで否定的な扱いをうけてきた儒教を、改めて

再評価する動きが活発化しており、大学でも儒教の研究が盛んに行われるようになっていた。そうした社会情勢の変化を背景に、受け入れ先の我々教職員・学生を前にしてなされたその時の講演内容に、ある種の滑稽さとともに、言うに言われぬ違和感を覚えた。

当該講演者の言うことには、孔子・孟子に始まる儒教は、我々中国人が四千年の歴史の中で培ってきた貴重な文化資産であり、「中華民族」の魂は、まさしくこの儒教のうちに宿っている。今後、日中の間で互いの学術交流を積極的に押しすすめていく上で、我々「中華民族」の誇るべきこの儒教のすぐれた叡智を、あなた方日本人にも、ぜひとも知っておいてほしいと、こういうのである。

これをたとえていえば、ギリシアから招かれたひとりの研究者が、西ヨーロッパのどこでもいい、パリやベルリン、オックスフォードやケンブリッジを訪れて、そこの大学の教職員・学生を相手に、自分たちギリシア国民の誇るべき文化資産として、ソクラテスに始まる古代ギリシア哲学に加え、アイスキュロスやソポクレス、エウリピデースに代表される古代ギリシア劇のあれこれを紹介し、それに学ぶことは、あなたがた外国人にとっても、おおいに意義のあることだと述べたのと同然である。

儒教を自らの研究対象として選びとったその人物の、一党独裁の共産党政権下でいままで置かれてきたであろう不遇な半生を思いやって、最大限好意的に受け止めるなら、このとき講演者は、聴衆の顔ぶれを見誤ったのである。欧米の価値観にばかり眼がいって、儒教などには目もくれず、少しも興味関心を示そうとしない昨今の中国の若者たちを相手に、その話は本来なされてしかるべきものであった。なにを間違えたか、日本の大学の教職員や学生相手に、それをしてしまったというわけなのであろう。

ひと世代前の日本人であれば、『論語』や『孟子』くらい、誰でも読んで知っている。その初歩的な内容を、わざわざ講演で聴かされたところで、ちっともありがたくない。いま少し専門的な勉強をした者なら、原始儒教と呼ばれた初期テキスト群が、漢代の訓詁の学を経て四書五経にまとめられ、宋代になるとそれに対する〈注釈〉として「朱子学」が体系化され、さらには清朝考証学へと展開した経緯ぐらい頭に入っている。その「朱子学」が、李氏朝鮮のさらなる〈注釈〉を伴って日本にもたらされ、唯一正統の学としてこれを信奉する山崎闇斎学派が現れて、それに抗する形で、やがて伊藤仁斎が『孟子』の〈注釈〉として『語孟字義』を書き、荻生徂徠が『論語』の〈注釈〉として『論語徴』を書き上げて、「朱子学」批判を華々しく展開したことなど、件の講演者の知ったことではなかろう。

三百余藩に分かれつつも、ゆるやかに統合された徳川幕藩体制のもと、それら多様で雑多な

〈注釈〉ひしめく中、儒教の当否をめぐる熾烈な論争が、全国に広がる儒学者たちの知的ネットワークを介してなされ、そこからやがて「国学」や「水戸学」が現われて、明治近代国家を立ち上げる強力な牽引力となっていった。そのようにして良くも悪くも儒教思想と骨がらみで、日本の歴史は推移してきたのである。(1)

古代ギリシア哲学や古代ギリシア劇が、その担い手としては必ずしも民族的につながらない現在のギリシア国民の専有物でないのと同じく（ギリシア人とは文化概念であり、古典ギリシア語によって担われた古典的教養を身に着けた者の謂いであって、だからエジプトにもコンスタンチノープルにも、それこそ地中海全域のあちこちにギリシア人はいたのである）、孔子・孟子に始まる儒教思想もまた、東アジア漢字文化圏における「古典」として、誰のものでもない共有物としてである。「古典」とは、特定地域の文化や民族に固有のものではなく、地理的・歴史的な制約を超え出て、誰しもが共有可能な普遍的価値を持つものの謂いであるはずだからだ。そうであってみれば、つい最近になって言い出された、「中華民族」なる多分にフィクショナルな枠組み（そのなかにはチベット族やモンゴル族、ウイグル族までもが含まれるらしい）のもとに領有され、我有化されていいはずがない。(2)

二　西洋に起源する「古典」概念

ところで、いま不用意に「古典」という語を使ってしまったが西洋ではルネサンス以降の俗語（近代国民国家の成立と連動して書き言葉としての地位を獲得した、英語やフランス語、ドイツ語などの各国語）で書かれた文学を「近代文学」と呼ぶのに対し、主にラテン語で書かれた、古代ギリシア語からの〈翻訳〉をも含むそれ以前の文学についてのみ「古典文学」の称を用いる。単に成立年代が古いから「古典」なのではない。このことは、いくら強調してもしすぎることはない[3]。

西洋にいう「古典 classic」とは、そもそも古代ギリシアに起源する文化様式のことを指し、ルネサンス（まさしく「古典」復興である）以降、西洋人たちはそこに普遍的な価値を認め、自らの拠るべき規範、見習うべき手本をそこに見出してきた。それに参照し、それに倣うことで営まれる文化の総体を、以後「古典主義 classicism」の名でもって呼び、「クラシック音楽」や「クラシックバレー」、「フランス古典主義演劇」などの用語に見てとれる「古典主義」のその対極に、地域固有の民族的な性向や、民衆の生活に根ざした土俗的な要素へと回帰することで、規範化された「古典」の縛りから、つかのま解き放たれて、自由で清新な創作活動へと進み出ようとする「ロマン主義」の思潮が、異端・傍系として時折現れてくる。なればこそ、それへのさらなる対抗として、古典回帰を唱える「新・古典主義」の思潮も現れてくるのである。ならば、西洋にいう「古典 classic」なるものが、世界中の誰しもが共有可能な、普遍的価値を持つものであるかどうか、存分に疑ってみてもよい。演劇評論家の渡邊守章は、この間の事情を、日本の能狂言、歌舞伎、文楽などに対しては「古典」の称を用いず、「伝統芸能」の枠組みの中でしかそれを捉えようとしない西洋人の用語上の区別を通して、次のように批判する[4]。

コメディ＝フランセーズで上演されるコルネイユやモリエール、ラシーヌ悲劇の諸作品は「古典劇」であって、「伝統演劇」とは呼ばれない。なぜなら「伝統」の語が意味しているのは、「土着なるもの」へのエキゾティックなまなざしを通してとらえられた、特定地域の文化や民族の伝統に根ざす、たとえば中国における京劇の演目や、インドのカタカリ、バリ島のケチャなどであり、そうした「伝統」への〈知〉は、できるだけ「非＝西洋的」な、つまりは「民族的」な、あるいは「民俗的」な表象に留め置かれることが望ましいからだ。

公然と口にはされないものの、そこにはサイード的な意味での〈オリエンタリズム〉の発想が見てとれる。「古典 classic」と「伝統 traditional」とを対比させる、西洋社会のこの図式に照らしてみるなら、冒頭に紹介した、「中華民族」の誇るべき文化伝統として改めて儒教に学ぶことを主張した講演者の発言は、期せずしてサイードのいう〈オリエンタリズム〉を、皮肉にも当のオリエントの側からなぞり返し、「民族的」な、あるいは「民俗的」な表象のもとに儒教思想を封じ込め、我有化することで、却ってそれを「土着なるもの」へと矮小化する行為でもあったといえよう。

そしてこの図式にならうなら、今の日本で、能狂言や歌舞伎、文楽などを「古典芸能」の称で呼ぶのは、二重の、いや三重の意味での言葉の誤用なのである。第一に、「土着なるもの」を含意する「芸能」の語に「古典」の語を冠するのは、語義矛盾もはなはだしい。また西洋人にとってそれは、拠るべき規範でもないし、見習うべき手本ともなりえないからである。加えて「古典」となるためには、それを規範とし、それを手本として学ぶ次世代の担い手を必要とする。しかし日本の初等・中等教育の現場では、そうした教育課程を決定的に欠いているとして、渡邊は次のように慨嘆する。(5)

> 「古典」あるいは「古典的」とは、「規範となる」文芸の作品を言うのであり、それらは「クラス」で学習されるものであった。それは単に劇場の内部においての話ではない。公

教育のカリキュラムに組み込まれて、二十世紀に至っても、たとえばラシーヌ悲劇の一作も、モリエール喜劇の一篇も読んだことがなくて、中等教育終了資格試験に合格するということはあり得ない、という全社会的な了解のもとで機能していた。

これに比して日本の教育現場は、惨憺たる状況にある。個人的体験に照らしてみても、世阿弥の一作はおろか、近松の一篇たりとも、教室で丹念に読んだり学んだりした覚えがない。学ばれることのないテキストが、その後の人生の規範となり、手本となることなどありえない。日本にあっても、能狂言、歌舞伎や文楽は、単なる「土着なるもの」としての「伝統芸能」の位置づけにしかなく、西洋的な意味での「古典」と呼ぶには値しない。

「古典」といえば西洋のそれに学ぶことに忙しく、足元の日本の文芸や芸能にまで手が回らない。そうした滑稽な事態を、最近手にした野口悠紀夫の『だから古典は面白い』が、端的な形で示してくれる。[6] 野口のいう「古典」とは、いくたの人々の手を経て長い時間の中で自然淘汰され、現在にまで残された人類の叡智の結晶であり、それを優先的に選び取って読むことは、ゴミのような、クズのような、早晩忘れ去られるであろう、世上に出回る雑多な書物のあれこれに無駄な時間を取られるよりは、よっぽど効率的なことなのだそうな。いかにも『「超」整理法』の著者らしく、エコノミックで功利的な読書の薦めだが、そこで「古典」として挙げられるのは、『聖書』や『罪と罰』、『マクベス』や『ファウスト』などであり、すべては西洋基準のそれでしかない。なぜ『クルアーン』ではなく『聖書』なのか。なぜ和辻哲郎の『人間の学としての倫理学』や『源氏物語』ではなくて『罪と罰』なのか。

普遍的価値の担い手は西洋だとする思い込みがあるからであろう。なにをもって普遍的とするか、その認定基準は西洋にあるとの暗黙の前提に立って物事を見ているからだ。他者の欲望を欲望するのに忙しい日本人は、愚かしくも滑稽に、西洋の知的欲望を規範とし、それを見習うべき手本として、いままでひたすら他者の欲望を欲望してきたというわけだ。

一方、『プロテスタンティズムの倫理と資本主義の精神』(一九二〇)においてカルヴィニズムの世俗内禁欲に原初的な資本蓄積を見てとったマックス・ウェーバーは、他の文化圏との比較を行うため、やがて「宗教社会学」という新たな研究領域を立ち上げる。そこで儒教について多くの筆を費やしつつも、それを「古典」としてとらえはしない。ついには「アジア的専制」へと帰結するしかない儒教は、西洋人にとっての拠るべき規範でもなければ、見習うべき手本にもなりえないからだ。すなわち彼らのいう、言葉の正しい意味での「古典」とは決して言えないからだ。(7)

三　リベラル・アーツという営み

ウェーバーによる儒教思想のあつかいは、西洋による自文化中心主義の、ほんの一端を示すものに過ぎない。だが、当のそのウェーバーがいう「価値自由」の立場を汲み取って、ここで発想を百八十度転換させ、「古典」の普遍的価値は先験的に与えられているのではなく、そこに普遍的価値を見いだそうとする主体の欲望（たとえば西洋の）によって、事後的に見出され、創り出されると考えたならどうなるか。[8] つまりは拠るべき規範として、見習うべき手本として、それを金科玉条のごとく有り難がる主体により、〈翻訳〉され、絶えず〈注釈〉を加えられ、事あるごとに参照され、模倣されることによって、「古典」は「古典」として、その都度、歴史的・社会的に構築されるのだ。[9]

この間の事情を、ジャック・デリダは、いささか悲観的な意味合いの言葉で、次のように語っている。[10]

テクストはどれも、それが生き—延びる〔sur-vit〕かぎりにおいてしか生きられないし、テクストが生き—延びるのはただ、それが翻訳可能であると同時に翻訳不可能であるときのみである（中略）。全面的に翻訳可能ならば、テクストとして、エクリチュールとして、言語の身体として、それは消滅してしまう。全面的に翻訳不可能ならば、一つの言語であると信じられているものの内部においてさえ、それはただちに死んでしまう。勝利を収めた翻訳とはしたがって、テクストの生でも死でもなく、ただ、あるいはすでに、その生き延び〔survit〕である。（傍点原文）

〈翻訳〉という営みを通してみた、「古典」とはそもそも何の謂いかについての、これは見事な定義となっている。と同時に、〈リベラル・アーツ〉の名のもとに行われる、大学の教養課程での知的営みの、端的な指標ともなっている[11]。

文字の発明により、人類の歴史を通じて膨大なテキスト群が蓄積されてきた。しかし今に伝えられ、「古典」として参照されるのは、そのうちのわずかである。いま『聖書』は一般に、何語で読まれているのだろうか。ヘブライ語でもなければギリシア語でもない。ラテン語ですらないだろう。時代も地域も違えば使用される言語も当然違ってくる。〈翻訳〉行為や、それに付随する〈注釈〉行為を通してしか、そのテキストは理解されず、後世へと受け継がれることもない。

だが完璧な形での〈翻訳〉がなされ、それに対する〈注釈〉作業が完了してしまえば、すなわち別の言語へと、その内実が百パーセント置き換えられてしまえば（そんなことは決してありえないのだが）、立ちかえるべき必要を失った元のテキストは用済みとなり死んでしまう。[12] また特定地域の文化や民族の内にそれが取り込まれ、領有され、私物化されて、他の〈翻訳〉や〈注釈〉の可能性の余地が、一切残されていないのなら（たったひとつの〈翻訳〉や〈注釈〉だけが、神の名のもとに、もしくは一部特定の権力者の名のもとに、唯一正統とされ、無謬の正義とされ、権威付けられて）、同じく当のテキストは死んでしまう。[13]〈翻訳＝注釈〉の可能性へと常時開かれていることと、しかしその一方で、ついに完遂されることのないその不可能性のはざまにあって、かろうじて「古典」は「古典」として、生き―延びる〔sur-vit〕ことができるのだ。

ちなみに〈翻訳〉行為は異言語間でなされるのに対し、同一言語内でなされるのが〈注釈〉である。だがデリダが言うように、百パーセント完璧な〈翻訳〉はありえないから、異言語間でこそ〈注釈〉は必要とされるし、逆に同一言語内での〈翻訳〉も、「古文」に対する「現代語訳」というかたちでなされうる。こうした〈翻訳＝注釈〉の、決して終わることのない営みを通して、「古典」は「古典」として事後的に創り出され、その都度、歴史的・社会的に構築されていく。ならば西洋基準のそれに倣うのではない（もちろんそれも必要だが）、日本に独自の

「古典」を創出していく手立てが、以下に講じられなければなるまい。

四　〈もどき〉を実践する

スマホの画面を指先でスクロールして、その場限りの消費行動に終始する「読書」ではなく、強い興味関心をいだいて対象のテキストと向き合うとき、気になる表現や字句の傍らに線を引き（アマゾンの提供する電子書籍アプリ「kindle」では、重要と思う部分にマークを付けてハイライト化することができるらしいが）、行間や欄外に、どうしたって書き込みしたくなる。そうした欲望（たとえその欲望が、教育課程の中で植え付けられた他者＝教師の欲望の模倣であったにしても）が、人をして〈注釈〉行為へと向かわせる。

だが自分の私物ならともかく、図書館などから借りてきた公共物にそうした行為を行えば犯罪だ。既存のテキストに介入し、その文脈に切り込みを入れ、傷つけ、破壊する〈注釈〉行為の犯罪性（改竄、剽窃、盗用などの行為と、それは五十歩百歩の関係にある）は、これを「和語」に置きかえるとき、ありありと可視化されてくる。〈注釈〉の語に対応する「和語」は〈もどき〉である。〈もどき〉について、折口信夫は次のように〈注釈〉する。[14]

もどくと言う動詞は、反対する・逆に出る・批難するなどと言ふ用語例ばかりを持つものの様に考へられます。併し古くは、もつと広いものの様です。尠くとも、演芸史の上では、物まねする・説明する・代つて再説する・説き和げるなどと言ふ義が、加はつて居る事が明らかです。（傍線は原文）

これは、日本の芸能史を講ずる中で、神のしぐさに参照し、それを模倣する謡曲の「翁」の演目について言われた文章なのだが、「物まねする・説明する・代って再説する・説き和げる」というその〈もどき〉のはたらきは、〈注釈〉行為のみならず、デリダのいう〈翻訳〉行為にもあてはまる。「“Traduttore e, traditore”（翻訳者は裏切り者）」との言い回しもあるように、〈翻訳〉はまた、元のテキストに「反対する・逆に出る・批難する」ことでもあり、一歩間違えば、改竄、剽窃、盗用にもつながりかねない。それに関連して折口はまた、狂言方の演ずる三番叟の演目の特質を「をかし」に見て、次のように言っている。

此猿楽を専門とした猿楽能では、其役を脇方と分立させて、わかり易く狂言と称へてゐ、又をかしとも言ひます。此は、をかしがらせる為の役を意味するのではなく、もどき同様、

犯しであつたものと考へられます。（傍線は原文）

滑稽なしぐさに見えて、「をかし」が実は「犯し（＝侵し・冒し）」に通ずる行為であるのなら、それを政治的文脈に移し換えて、元のテキストに「反逆」を企てる、「謀叛」の振る舞いともとらええよう。その行為の持つ犯罪的性格は、こうしてますます強まる。とはいえ、折口のこの〈もどき〉の定義は、拠るべき規範、見習うべき手本としての「古典」のテキストと真摯に向き合いつつ、その一方で批判的な観点から、そのテキストの「古典」としての有効性や妥当性を、絶えず検証していく〈リベラル・アーツ〉の営みを、見事に集約したものともなっている。なぜなら大学の教養課程としての〈リベラル・アーツ〉の存在意義は、少し大げさな言い方かもしれないが、〈奴隷〉の境涯から自らを解き放ち、何ものにもとらわれぬ〈自由〉な立場からの、絶えざる「反逆」と「謀叛」の企てのうちにこそあるともいえるからだ。[15]

さて、ということで、日本文学を対象とした、もどきとしての〈注釈〉や〈翻訳〉の諸相を、以下に概観してみたく思う。[16]たとえば在原業平の歌に対し、『古今集』「仮名序」は次のように〈注釈〉する。「在原業平は、その心余りて言葉足らず。萎（しぼ）める花の、色無くして匂ひ残れるがごとし（在原業平の歌は、ありあまる想いを言葉に表現し切れず、枯れた花の、かすかに盛りの色合いをうかがわせるかのようだ）」、と。例として挙げられる「月やあらぬ、春や昔の」（古今集・恋五）の歌には、詞書（ことばがき）としては異例の、何行にもわたる背景説明の〈注釈〉が付く。それがなければ、歌の意味するところが、よく分からないからである。

五条后宮の西の対に住みける人に、本意にはあらでもの言ひわたりけるを、睦月の十日あまりになむ、他所（ほか）へ隠れにける。在り所は聞きけれど、えものも言はで、又の年の春、梅の花盛りに、月の面白かりける夜、去年を恋ひて、かの西の対に行きて、月の傾ぶくまで、あばらなる板敷に伏せりて詠める。

その詞書（ことばがき）としての〈注釈〉がさらに肥大化して、やがては『伊勢物語』の四段へと成長していったように、〈注釈〉の集積として『伊勢物語』のテキストはある。(17)〈注釈〉に〈注釈〉を重ねて次第に肥大化していく過程は、『伊勢物語』六段にも見てとれる。盗み出した女を鬼に喰われ、「白玉か、なにぞと人の問ひしとき」の歌を詠んで後悔の臍（ほぞ）を噛むその後に、次のようなもどきとしての〈注釈〉の言葉が続く。

これは、二条の后のいとこの女御の御もとに、仕うまつるやうにてゐ給へりけるを、かたちのいとめでたくおはしければ、盗みて負ひていでたりけるを、御兄人（せうと）堀河の大臣、太郎国経の大納言、まだ下らうにて内へまゐり給ふに、いみじう泣く人あるをききつけて、とどめてとりかへし給うてけり。それを、かく鬼とはいふなりけり。
まだいと若うて、后のただにおはしける時とや。

「まだいと若うて（まだたいそう若くて）」以下の一文は、前の文に付けられた、そのさらなる〈注釈〉である。どちらももとは「本文」の傍らに書き込まれた「小書き」の注記でしかなかったものが、のちに「本文」化したものと思われる[18]。

外へ外へと〈注釈〉のつけ足される『伊勢物語』の方法を逆手に採り、これを内へ内へと内在化させたとき、『源氏物語』の「草子地」があらわれる。たとえば藤壺の宮との密会場面を語る「若紫」巻の文章を見てみよう。

いかがたばかりけむ、いとわりなくて見たてまつるほどさへ、現（うつつ）とはおぼえぬぞわびしきや。宮もあさましかりしを思し出づるだに、世とともの御物思ひなるを、「さてだにやみなむ」と深う思したるに、いと心憂くて、いみじき御気色なるものから、なつかしうらうたげに、さりとてうちとけず心深う恥づかしげなる御もてなしなどのなほ人に似させたまはぬを、「などかなのめなることだにうちまじりたまはざりけむ」と、つらうさへぞ思さるる。何ごとをかは聞こえつくし給はむ、くらぶの山に宿りもとらまほしげなれど、あやにくなる短夜にて、あさましうなかなかなり。

語り手は読者を多分に意識して、「いかがたばかりけむ（どのような策を弄したのであろうか）」といぶかって見せる。また「何ごとをかは聞こえつくし給はむ（申し上げたい万般をどうして申し上げ尽くすことができになろうか）」と思い入れたっぷりに同情して見せる。[19] 語り手が読者の方を振り返り、自らの語る事柄に、つかのま同時進行的な反省のまなざしを還していくことで、テキストに遠近

ウロボロス（テオドロス・ペレカノスによる15世紀の図像）

法的な奥行きがもたらされ、気になる表現や字句の傍らに線を引き、行間や欄外に書き込みしたくなるよう、読者の読みの欲望を喚起する。既存のテキストをパラ・フレーズ（敷衍・贅言）してみせる、あるいはメタ・レベル（部外者的立場）からそれを批判してみせることで、自らの尻尾を口に咥えるウロボロスの蛇よろしく、自分で自分に参照し、拠るべき規範や、見習うべき手本を、自己言及的にというか、自己創出的に創り出していく。

そうしたもどきとしての〈注釈〉行為が、『源氏物語』では「草子地」というかたちで方法化され、〈語り〉の手法としてテキストのうちに内在化されているのである。

五　わたしたちは、夜であれ昼であれ「本文」を手に取って学ばなければならない

こうした〈注釈〉行為が結果して、拠るべき規範として、見習うべき手本として、対象とされたテキストが価値付けられる。『伊勢物語』でいえば、巻頭に位置する「初冠」の段で、「春日野の、若紫の摺り衣」の歌が詠まれたあと、「ついで、おもしろきことともや思ひけむ（事のついでとして、男は趣深いことと思ったのであろうか）」で始まるもどきとしての〈注釈〉が付く。

ついで、おもしろきことともや思ひけむ。

　みちのくの　忍ぶもぢずり誰ゆゑに　みだれそめにし　我ならなくに

といふ歌の心ばへなり。

昔人は、かくいちはやきみやびをなんしける。

源融（みなもとのとおる）によって詠まれ、『古今集』恋四に採られたその歌を、自らの拠るべき「本歌」とし、それを典拠と仰ぎ、それに参照するかたちで「春日野の」の歌の詠まれたことが示される。さらにそれをもどくかたちで、「昔人は、かくいちはやきみやびをなんしける（むかし男は、いち早くこのようなみやびなふるまいに及んでいたのであったよ）」との〈注釈〉が付く。時代は下って『新古今集』のころ、ようやく盛んとなる「本歌取り」の手法が、はるかに先取りされていることへの驚きが、このもどきとしての〈注釈〉を成り立たせている。[20]

「本歌」もそうなのだが、〈注釈〉の対象としてもどかれ、それによって価値付けられ、規範化されたテキストを、当時の人々は「本文」とか「本説」と呼んだ。かな書きの文章のなかで「本文」とあれば、それは漢籍文献を指す。たとえば慈円は、「本歌取り」の手法を率先して推し進めた新古今歌人のひとりであったが、その歴史評論書『愚管抄』をカタカナで書くに際して、次のように述べている。

中々カヤウノ戯言（ざれごと）（＝歴史叙述にカタカナを用いること）ニテ書キ置キタランハ、イミジ顔ナラン学生（がくしやう）タチモ、心ノ中ニハ心得ヤスクテ、「ヒトリ笑（ゑ）ミシテ、才学ニモシテンモノヲ」ト思ヒヨリテ、中々本文ナドシキリニ引キテ、才学気色モヨシナシ。マコトニモツヤツヤト知ラヌ上ニ、我ニテ人ヲ知ルニ、「物ノ道理ヲ弁ヘ知ランコトハ、カヤウニテヤ、スコシモソノ跡、世ニ残ルベキ」ト思ヒテ、コレハ書キ付ケ侍ルナリ。（巻七冒頭）

「明経二十三経（けい）（＝易経以下、礼記や春秋、論語や孟子など）トテ」で始まる海彼の漢籍文献の数々や、「舎人親王ノトキ、清人ト日本記（＝日本書紀）ヲ、ナホツクラレキ」で始まる本朝の漢文体で書かれた歴史書の系譜を、縷々羅列した上で、それら「本文」のもどきとして『愚管抄』の書かれた経緯が示される。

また鎌倉幕府の法令集『御成敗式目』を編纂する際、北条泰時は京都の宮廷を憚り、六波羅探題として在京中の弟重時に宛てた仮名消息の中で、「なにを本説として被注載之由（ちゆしのせらるるのよし）、人さだめて誹難を加事候歟。ま事にさせる本文にすがりたる事候はねども、ただ道理のおすところを被記候者也（なにを根拠に新たな法を定めたのかと、その筋の人たちは批難するかもしれない。確かにこれといった法令に拠りどころを求めてはいないが、誰しもが当然と思うことを踏まえ、この法を定めたのである）」と記して、ひたすら自己弁護に努めなければならなかった。

　そこにいう「本説」や「本文」は、古代律令制国家をその根底から支えてきた「律令格式」と総称される法規範の総体であり、明法道出身の法曹官人たちにより代々蓄積されてきた、その筋の専門家にしか理解の及ばないもどきとしての〈注釈〉行為の数々であった。

　こうした「本説」や「本文」の内に、やがてかな書きのテキストも、足し加えられてくるだろう。[21] 世阿弥は『風姿花伝』において、「本説正しく、めずらしきが幽玄にて、面白き所あらんを、よき能とは申すべし（典拠が権威ある古典で、作風には新鮮味があり、優美で、しかも面白さがあるのを、よい作品と言うべきであろう）」、「本説のままに咎もなく、よくしたらんが出で来たらんを、第二とすべし（典拠通りの無難な作風で変なところもない作品を、うまく演じて、上々の出来となったようなのを、第二の中の舞台とすべきである）」と述べている。ここでいう「本説」は『伊勢物語』や『源氏物語』などのかな文テキストを指しており、それらは、「井筒」や「隅田川」、「葵上」や「半蔀」などの〈能〉の演目によってもどかれ、戯曲化され、舞台化されることで、さらには絵画化、音楽化、映像化〈アニメ化！〉というかたちでの〈注釈〉行為の対象とされることによって、価値あるテキストとしての「古典」の地位を、かろうじて事後的に獲得するのだ[22]。

はたして慶賀すべきことなのかどうか、それは措くとして、それら一連の**もどき**としての〈注釈〉行為の延長線上に、今を生きる私たちが向かうべき〈リベラル・アーツ〉の可能性も、指し示されているとはいえまいか。

注

(1) 日本における儒教思想の受容過程については、深沢「「この国のかたち」を求めて―承久の乱を通して見る「天皇」の位置づけ、あるいは「大義名分論」の射程と象徴天皇制の行く末」（神奈川大学人文学会『人文研究』200号、二〇二〇・三）と題して論じたことがある。

(2) マルクス・レーニン主義を信奉するイデオロギー政党であることをやめた中国共産党は、その一党独裁の権力基盤を今後も維持するため、かつての中国士大夫層に自らの存在根拠を求め、儒教を新たに選びとるという政治的選択を透かし見ることができよう。そうした動きに対する内部批判として許紀霖『普遍的価値を求める―中国現代思想の新潮流』（法政大学出版局、二〇二〇）があげられる。

（3）漢語「古典」の辞書的意味の第一が、古来より持ち伝えた規範としての法典であることが示唆するように、単に時間的に古いだけで「古典」なのではない。明治以前のものを、ひっくるめて「古典文学」と称してあやしまない鈍感さは、批判されなければならない。

（4）渡邊守章評論集『越境する伝統』（ダイヤモンド社、二〇〇九）。

（5）渡邊守章前掲書（4）の31頁。

（6）野口悠紀夫『だから古典は面白い』（幻冬舎新書、二〇二〇）。

（7）小林一美『M・ヴェーバーの中国社会論の射程』（研文出版、二〇一二）は、中国社会と儒教の関係を「貴族的儒教文人文化」と「遊牧戦士武人文化」の二つのエートスの合成ととらえたウェーバーの所論を一概にオリエンタリズム的偏向とはいえず、それなりに的確で公正なものと評価している。

（8）『岩波小辞典 社会学』（二〇〇三）の「価値自由」の項目には、「社会科学において認識の客観性を保つために、価値判断と事実判断とを明確に区別し、価値判断を排除しようとする認識の方法。ウェーバーの用語。価値判断排除、没価値性ともいう。ウェーバーは、社会科学は自然科学と異なり、認識に主観性が入らざるを得ないと考え、その上で、経験的事実の確定と、好い悪いを判断する態度とを厳密に区別すべく格闘する禁欲的で厳密な態度を、価値自由の原則として訴えた」とある。

(9)デイビット・グレーバー『民主主義の非西洋起源について』(以文社、二〇二〇)は、西欧社会が、ギリシア・ローマを起源とする古典古代の正当な後継者として自らを自認し、それを簒奪・横領していった過程を跡付ける。前田雅之『なぜ古典を勉強するのか―近代を古典で読み解くために』(文学通信、二〇一九)、同『アイロニカルな共感―近代・古典・ナショナリズム』(ひつじ書房、二〇一五)はその日本版ともいうべき著作で、そこでたどられるのは日本における古典テキストの創出(捏造)過程を明らかにすることなのである。

(10)ジャック・デリダ「航海日誌」(若林英樹訳『境域』書肆心水、二〇一〇)。

(11)大口邦雄『リベラル・アーツとは何か―その歴史的系譜』(さんこう社、二〇一四)は、ブルース・キンボールの所説に拠りつつ、古典に準拠し、ひたすらそれを遵守する「アルテス・リベラーレス」と、そうした古典のしばりからの解き放ちを志向する「リベラル・フリー」との対立抗争に、〈リベラル・アーツ〉の営みの特質を見ている。

(12)水村美苗は『増補　日本語が亡びるとき―英語の世紀の中で』(ちくま文庫、二〇一五)において、英語の翻訳を通してしかアリストテレスのテキストが読まれなくなる事態を危惧している。

(13)ジョージ・オーウェル『1984年』(ハヤカワ文庫、一九七二)に登場する主人公ウィンストン・スミスは、過去の文献のすべてを、オセアニアの公用語である新語法(ニュースピーク)に翻訳する事業に従事する公務員である。イングソック即ちイギリス社会主義のイデオロギー的要素に応えるべく行われるその翻訳作業の詳細が、巻末に付録として掲載された「ニュースピークの諸原理」に見てとれ、そこには、「事実、過去における文献の大多数は、このような方式に従って既に変質させられたのであった。威信という点からすれば、或る特定の歴史的人物の追憶を温存するのは望ましことであった。が、その時は必ず彼らの業績をイングソックの哲学と合致させせねばならないのであった。例えばシェイクスピアやミルトン、スウィフト、バイロン、ディケンズといった様々な文学者は、従っていずれも翻訳の途中にあった。この仕事が完成すれば、彼らの原作や、それから過去の文学の中に残っている他の作品ともども破棄さ、、、、、れることになっていた」との記述がある。

(14)折口信夫『日本藝能史六講』(講談社学術文庫、一九九一)。

(15)大口邦雄前掲書注(11)参照のこと。なおヘレナ・ローゼンブラット『リベラリズム 失われた歴史と現在』(青土社、二〇二〇)は、リバタリアンと呼ばれる市場原理主義者たちと違い、本来のリベラリズムが、ノーブレス・オブリージュ(貴族の義務)の系譜を引き継いで社会への奉仕や積極的な贈与を進める思想であるべきことを歴史的に跡づける。
(16)注釈行為に関する先駆的考察として、三谷邦明、小峯和明編『中世の知と学:「注釈」を読む』(森話社、一九九七)を参照のこと。
(17)片桐洋一『伊勢物語の研究　研究篇』(明治書院、一九六八)は、『伊勢物語』のテキストの、数次にわたり成立した過程を跡付ける。なお「月やあらぬ春や昔の春ならぬわが身ひとつはもとの身にして」の歌は、私見によれば八六二(貞観四)年の改暦(宣明暦)に際し、日付にズレが生じたことへの戸惑いの歌である。
(18)「白玉」の歌に続く〈注釈〉は一種の「種明かし」であるが、それまでの「物語」の虚偽をメタ・レベルから告発する、折口いうところの「反対する・逆に出る・批難する」行為ともなっている。
(19)「あさましかりしをおぼし出づるだに、世とともの御もの思いなるに」との藤壺の想いが記されることから、二人の逢瀬はこれが初めてではないとわかる。ただし、これ以前の性的関係の有無については説が分かれる。「一夜孕み」の慣用表現から、性的に結ばれ懐妊したのは、このときが最初で最後であったと考えたい。
(20)『源氏物語』の「若紫」巻自体が、実は「春日野の若紫の摺り衣しのぶの乱れ限り知られず」

のこの歌に依拠し、それをパラ・フレーズした〈注釈〉なのである。

(21)「本」への偏執については、小川豊生「〈本文〉と〈今案〉―院政期歌学のディスクール」(古典研究1号、一九九四。後に『中世日本の神話・文字・身体』(森話社、二〇一四)に収載)に詳しい。

(22)他に『源氏物語』を本説とした演目として、「野宮」「夕顔」「浮舟」「源氏供養」などがある。

源氏物語の方へ

【第一エペイソディオン】

《テキストを読む》

格子(グリッド)からの逃走——道長VS式部

道長 恐ろしい女であるなあ、**六条御息所**とは。一人の女（＝夕顔）を殺（あや）めておいて、まだ気が済まぬのか。一体どこまで源氏を追い詰めるのだ。

式部 さあそれは、わたくしにも分かりませぬ。

道長 分からぬ？ すべてはそなたが決めることであろう。

式部 筆を採り、紙に向うまでは何も決まっておりませぬ。書きながらはじめて、ああこの者はこう動くのだと分かるのです。

道長 そういうものか？

式部 そういうものです。

道長 ほんに恐ろしい女であるなあ、**そなた**は。帝も彰子も宮中の者すべての心を掴(つか)

んでしまったではないか、その筆一つで。彰子は皇子を産み、我の大願は果たされた。ならば式部、それでもまだそなたが物語を綴（つづ）るのは何のためだ。無用な物語を何ゆえ書き続けるのだ。

式部 まさか、それをお分かりにならぬ、あなたさまではありますまい。遂げられぬ想いが、わたくしに筆を持たせるのでありましょう。

（チャプター一〇「懐妊」より）

あつかうのは二〇一一年公開の映画『源氏物語―千年の謎』のシナリオの一部。中谷美紀演ずる紫式部と、東山紀之演ずる藤原道長との、『源氏物語』執筆をめぐる自己言及的なセリフのやりとりである。

高山由紀子の原作小説『源氏物語 悲しみの皇子』（二〇一〇）は馬琴もどきのサスペンスの乗りで書かれており、二時間弱に圧縮された映画版では、限られた上演時間内での理解が可能なよう、「読本（よみほん）」仕立てのその錯綜したストーリーにいささか手を加え、適度の簡略化がほどこされている。それだけに、最小限に切りつめられたセリフの一言（いちごん）一句には、さもそれらしい王朝貴族の言葉遣いへの工夫が見てとれ、どれもが、細心の注意を払って、寸分の狂いなく選びとられたことばのあれこれであってみれば、それ相応の丹念な読みが求められる。たかが映画とあなどってはいけない。

男ことばと女ことばの発想の違いが、まずは両者のセリフのやりとりから浮かび上がる。物語作者に〈神〉のごとき権能を期待し、「すべてはそなたが決めることであろう」と問いかける道長に対し、式部はあくまで登場人物各個の自律性を重んじ、その言動のひかえめな代弁者の地位にとどまろうとする。なんでも思い通りにしたい治者と、そうはならない被治者の立場の違いと、これを言い替えてもよい。あるいは外来の翻訳文化（漢字漢文）と土着文化（かな文字かな文）の違いとも。

やんわりと抗弁する式部の、「筆を採り、紙に向うまでは何も決まっておりませぬ」との発言からは、古代都市平安京のおおぎょうな空間構成に異を唱え、そこからの解き放たれを希求する、ひそやかな想いを、読みとれはしまいか。それはまた、ミヤコを舞台としつつも、むしろその格子（グリッド）状の空間構成にあらがう反（アンチ）・都市の文学として『源氏物語』のテキストを読むことにも通ずる。

平安京が、唐の都「長安城」を模して造られたことは良く知られている。だが、帝王の権力を誇示し演出する舞台装置として造営されたその幾何学的空間構成の居心地の悪さに、私たち文学の徒はもっと自覚的でありたい。問いは次のように立てられる。人の住処（すみか）として、それはふさわしいか。答えは言うまでもなく「否（いな）」である。

たとえば『今昔物語集』巻二九の第一四話「九条堀川ニ住ム女、夫ヲ殺シテ哭（な）ク語（こと）」として伝えるこんな話はどうか。ある晩のこと、醍醐天皇は側近の蔵人（くろうど）を呼び出し、「清涼殿」の辰巳〈東南〉の方角で女が泣いているから探し出せと命ずる。そこで蔵人は「内裏」の殿舎を隈なく探すが、泣き声など聞かれない。さらにその外側を取り囲む「大内裏」の諸官庁を探し回るが見つからない。ついに範囲をミヤコの全域にまで拡げて探したあげく、「内裏」からもっとも遠い「九条堀川」にまでたどり着き、ようやく泣く女を探し当てる。その由を「内裏」に報告すると、天皇の言うことに、間男(みそか)と共謀して自分の夫を殺し、その「内ノ心ヲ隠シテ外ニ泣キ悲ム」でいるのだから、その女をただちに召し取って参れと、こうである。

「内裏」から「大内裏」へ、さらには整然と条坊に区切られ、フラクタル〈同型反復〉の〈入れ子〉へと順次拡大されていくミヤコの格子(グリッド)状の空間構成は、天皇を頂点とする古代律令官制の権力機構とパラレルの関係にある。ならば、功利主義の提唱者として知られるジェレミー・ベンサムが、近代監獄のモデルとして考案したパノプティコン〈一望監視システム〉さながら、権力機構の頂点に位置する天皇には、ミヤコに住まう人々の「内ノ心」までも透かし見る〈神〉のごときまなざしが期待されていい。

それにしても「内裏」から「九条堀川」までは距離にして四キロあまり。その遠方からの声を耳ざとく聴きとるとは、しかもそれがウソ泣きであると見破る天皇の眼力〈聴力?〉には、畏れいる。そんな読者の思いを代弁してか、『今昔物語集』の語り手は話の最後を、「天皇ヲゾ、尚只人（なほただびと）ニモ不御（おはし）マサザリケリト、人貴（たふと）ビ申シケル」としめくくる。

だが考えてもみて欲しい。当の女は検非違使の庁に引き渡され、「暫（しばし）ハ不承伏（しょうぶくせ）ザリケレドモ」、拷問のすえ〈自白〉を強要されているのだ。壁に耳あり障子に目ありの忌まわしき監視社会が、ここではすべてを透かし見る理想の帝王像として語られており、そうした発想の延長上に、〈神〉のごとき権能を物語作者に期待して、「すべてはそなたが決めることであろう」と言ってのける道長のセリフが位置している。

ここまではしかし平安前期の醍醐天皇の時代のお話。ミヤコの玄関口に魁偉な姿を誇示して人々を威圧した羅城門は早くに倒壊し、創建時の内裏も焼け失せて、奈良朝以来の秘蔵の品々の多くが失われた。有力貴族の邸宅を借り受けた「里内裏」へと政治の舞台は移行し、外戚政治はますます盛んで、律令官制の空洞化に一層の拍車がかかる。

こうした事態を深く憂えて、やがて漢学者の慶滋保胤により『池亭記』が書かれてくる。その文中に見られる唯一の元号表記は、「応和より以来（このかた）、世人好みて豊屋峻宇（ほうをくしゅんう）を起て、殆（ほとほと）節を山にし梲（せつ）に藻（えが）くに至る。その費（つひえ）は巨千万に且（なんなん）とし、その住むこと纔（わづ）かに二、三年なり」というもの。「応和」の前年、村上天皇の天徳四年（九六〇）九月に、創建時の内裏が初めて焼ける。「住むこと纔かに二、三年」の言葉そのままに、以後、再建された新造内裏は、造るそばから焼けてしまう。その内裏と羅城門とを南北に貫いて中心軸を構成していた朱雀大路の荒廃もいちじるしく、かくして古代都市平安京の空間構成は、もはや当初のシンメトリカルな格子状（グリッド）の〈入れ子〉構造を保つことができず、そこここでほころびを見せはじめる。

詳細については『池亭記』の記述に譲るとして、失われたミヤコのその幾何学的な空間構成に代わるべく、保胤によって構想された「池亭」のしつらいは、皮肉にも、またもや格子状（グリッド）の〈入れ子〉を繰り返す。「予（われ）六条以北に初めて荒地を卜（ぼく）し、四つの垣を築きて一つの門を開く」と書き出されたその理想の邸宅は、なんのことはない、白楽天『地上篇并序』のそれを真似たもので、「地方都盧（すべて）十有余畝（ぼう）」とあるように、敷地一千坪におよぶ広大なものであった。おそらくは家庭教師を勤めていた後中書王具平親王の六条千種邸をなぞらえて描き出されたその仮想の邸宅を、後にはなんと『源氏物語』の作者紫式部が、主人公光源氏の六条院造営として、物語の内に取り込む。ただし、やがて内部から自壊していくであろううつろな空間として。反（アンチ）・都市の文学としての『源氏物語』の立ち位置が、ここにも見てとれる。

片や保胤はといえば、『池亭記』の最後で、「仁義を以て棟梁（とうりやう）と為（な）し、礼法を以て柱礎（ちゆうそ）と為し、道徳を以て門戸と為し、慈愛を以て垣墻（ゑんしやう）と為し、好倹を以て家事（かし）と為し、積善を以て家資（かし）と為す」と儒教の徳目を並べたて、おのれの住処（すみか）を現実の空間のなかに求めることは断念したものの、格子状（グリッド）の〈入れ子〉として物事を捉える発想からいまだ抜け出せず、花山朝の崩壊とともに「大内記」の職を投げうって出家遁世を遂げたところで、慣れ親しんだ翻訳文化〈漢字漢文〉の内に、最後までとどまる。

ところで、小稿でこだわりを見せる古代都市平安京の格子状（グリッド）の〈入れ子〉構造については、国民国家批判で知られるベネディクト・アンダーソンの所説に負うところが大きい。アンダーソンは、「縦糸」としての格子（グリッド）と、「横糸」としての系列（シリーズ）によって織り上げられた緊密な統治システムとして国民国家をイメージする。格子（グリッド）とは、ありていにいえば、雑多で多様な対象を分類整理して収納し、管理保管する整理ダンス、もしくは標本箱みたようなもので、「人口調査の分類、下位分類には、あのこっけいな「その他」と命名された箱があり、これが現実生活のあらゆる不規則性をすばらしき官僚的立体画でおおいかくす」[1]のだ。対するに系列（シリーズ）とは、各々の区画や抽斗（ひきだし）に収納されたそれぞれが、どれも似たりよったりの複製品（クローン）でしかないことの謂いで、アンダーソンの所説で最重要の「出版資本主義」の成立と結びつく。「国語（＝俗語）」で書かれた新聞や小説、さらには演劇などの言語媒体が広く出回ることで、人々の意識や思考はおのずから画一化されクローン化されてしまうのである。

アンダーソンのいうモジュールとしての国民国家は、植民地政策によってもたらされた、近代に特有の統治システムなのだが、その「作為性」という点において、どうしようもなく古代都市平安京の人工的な空間構成と似てきてしまう。近代と対抗関係にあるのは古代ではなく、むしろ中世なのかもしれない。ならば反・都市の文学としての『源氏物語』は、より多く中世に掉さすテキストとしてこれを理解すべきで、たとえば『今昔物語集』巻二九に見える第二三話「妻ヲ具シテ丹波ノ国ニ行ク男、大江山ニテ縛ラルル語」などに、そうした中世の兆しを見てとれる。

芥川龍之介の小説『藪の中』の題材となったことで知られるこの話では、先に見た醍醐天皇の話と違って、登場人物たちの「心ノ内」は少しも見えてこない。「汝ガ心、云フ甲斐ナシ」と非難する「女（＝妻）」の心の葛藤も、その女（＝妻）の非難に返す言葉も無くしょげかえる「本ノ男（＝夫）」の複雑な心境も、ついに語られることはない。「女」を犯し、馬と武具とを奪って逃げ去った「今ノ男（＝盗人）」についても、その「行キニケム方ヲ知ラザリケリ」と、何ら決着の付けられぬまま、加えて、「今ノ男（＝盗人）ノ心、イト恥カシ。男、女ノ着物ヲ奪イ取ラザリケル」と、盗人の側にむしろ肩入れするかのような言葉まで書き添えられている。「悪行」と副題された巻に収められてはいるものの、どうやらこの話、「女」の心を盗み取る、変則的な男女の三角関係の物語として読まれねばならぬもののようだ。

登場人物たちの見えない「心ノ内」を、近代作家よろしく、芥川は『藪の中』で各人各様に語らせる。その供述内容はといえば、どれも自己正当化のための辻褄合わせで、相互に矛盾している。どこまでが真実で、どこからがウソなのかわからない、言葉の真の意味での〈物語〉となってしまっている。ならば道長の問いに対し、「書きながらはじめて、ああこの者はこう動くのだと分かるのです」と答える式部を、近代作家のひとりに数えていい。

作者のあずかり知らぬところで登場人物たちが勝手に動き出す、こうしたとりとめなき逸脱は、格子（グリッド）と系列（シリーズ）で織りなされた「官僚的立体画」（アンダーソン）からすれば許されるものではない。道長のセリフにもあるように、「無用な物語を何ゆえ書き続けるのだ」と非難されてしかるべきであろう。

極めつけは、「恐ろしい女であるなあ」とのセリフが、その道長により二度繰り返されることにある。被修飾語の位置には、始め「六条御息所」が、後には「そなた（＝式部）」ということばが据えられていて、それぞれに違えてあるところがなんとも心憎い。作中の虚構人物である六条御息所は、実のところ作者紫式部の分身で、その「遂げられぬ想い」を〈代補〉する存在であることが、二つのセリフによって示される。

原作小説でもそうなのだが、この映像作品では、「史実」の世界から抜け出て、物語の「虚構」の世界へと作中人物のひとり陰陽師の安倍晴明がトリックスターよろしくもぐりこみ、次元を違えた相互の交わりが仕組まれる。使い捨てにされた「古道具」のたぐいが、百年の功をへて妖怪化し、人々に仕返しする付喪神（つくもがみ）もしくは百鬼夜行絵巻と同じく、それは、『紫式部日記』と『源氏物語』との次元をちがえた二つのテキスト間での相互引照行為（インター・テクスチュアリティ）が擬人化、人格化されたものにほかならない。ことばは単なる「古道具」ではない。そこにはおのずとたましいが宿る。

道長のセリフにもあるように、「宮中の者すべての心を掴（つか）んでしまったではないか」と称賛される式部の物語は、今やアンダーソンのいう「出版資本主義」にも似て、ミヤコの人々の間で「国語（＝共通語）」の役割を果たしつつある。だがその一方で、「遂げられぬ想い」を抱きつつ、不断の逃走をひそかにハカル（＝謀る）、多分に両義的なテキストとしても読まれなければならない。人工的な古代都市平安京の変容過程と密接に連動してあらわれた『源氏物語』の、そうした〈語り〉の特質について、さらに論点を深めていきたい。

注

（1）ベネディクト・アンダーソン『増補　想像の共同体』（NTT出版、一九九七）第一〇章「人口調査、地図、博物館」（299頁）。

【第一スタシモン】

忌まわしき〈嵯峨〉のトポス

――『源氏物語』の作者紫式部にみる、ひそやかな反逆

人々は、トロイアーの岩の城砦に立ち、声高に叫んだ。
「われらの苦難も終わりを告げた。さあ、トロイアーの女神、ゼウスの
娘に捧げられたこの聖なる木馬を引き入れよう。」
（エウリピデース『トローアデス』より）

問題の所在――揺曳する〈やまい〉の影

老いてなお童形というある皇子の、その異様な生きざまをあとづける益田勝美の「心の極北」と題した一文に、初めて接したときの衝撃が、いまもなお、鮮烈な記憶として脳裏によみがえる。書き出しからして、なんとも異様である。国文学の論考として、およそふさわしくない。(1)

わたしが皇子・童子(どうじ)にぶつかったのは、これまで、たった一度であった。それから実に長い間、わたしはかれの消息を尋ね回っている。十世紀の頃生きていたはずのひとりのプリンス。それ以外なんの手がかりもないその人物から、わたしは強烈に打ちのめされた経験をもつ。

ここに見てとれる張りつめた緊迫感は、当の皇子に、不具者の姿を見てとろうとしたことに、おそらく起因しよう。あたかも火中の栗を拾うかのように、あぶない題材にあえていどもうとする、その覚悟のほどがうかがわれる一文となっている。

醍醐天皇の子として『本朝皇胤紹運録』に名の挙がる親王十六人、内親王十六人、賜姓源氏六人の総計三十八人の系図のその端に、三十九番目の子として、ただ「童子」とだけ記されたその人物についての手がかりは、傍らに「号して嵯峨の隠君と云ふ、白髪にして童形と云々」と小書きされる、唯それだけである。人目を避け、なぜにミヤコのはるか西北郊、〈嵯峨〉の地に隠れ住んだのか。名すらも伝えられず、「白髪」にして「童形」という、語義矛盾もはなはだしいその姿かたちを保ちつづけたのは、いったいなぜなのか。益田はそこに、なんらかの身体的な、もしくは精神的な奇形(フリーク)の可能性、すなわちある種の〈やまい〉の兆候を見てとる。

院政期の宮廷社会を跡付けた歴史物語『今鏡』は、その「志賀のみそぎ」の章において、生まれたときから目が開かず、しかも病弱で、幼くして亡くなった鳥羽天皇の第二皇子に言及する。生母はあの待賢門院璋子(たまこ)であった。ついで産まれた第三皇子もまた、全身がなよなよとして足腰立たず(それゆえなよ君と呼ばれた)、口も効けぬまま十六歳まで生きながらえて、最期は出家の体裁をととのえて亡くなった。これら夭折の皇子たちの参照すべき先行事例として、『今鏡』は、『本朝皇胤紹運録』に言う「童子」とも見まがう「嵯峨の隠君子」の名を挙げ、続けて次のように記す。[2]

嵯峨の帝の御子に、隠君子と申しける御子は、御み身にいかなることのおはしけるとかや。さて嵯峨に籠り居給ひて、ひきもののうちにたれこめて、人にも見え給はで、童にてぞおはしける。このころならば、法師にぞなり給はまし。昔はかくぞおはしける。心もさとく、いとまおはするままに、よろづの文をひらき見給ひければ、身の御才、人にすぐれ給ひておはしけるに(下略)

この記事には混同がみられ、その名の由来を父嵯峨天皇の人名に求めるか、隠棲した場所としての地名に求めるかで、どうやら人物がふたとおりに考えられる。『本朝皇胤紹運録』に「童子」とだけ記された醍醐天皇の三十九番目の皇子とは別に、嵯峨天皇の五十人の皇子・皇女のうちのひとりに「隠君子」と呼ばれた人物のあったことが、大江匡房の談話集『江談抄』のいくつかの逸話から知られる。その謎の人物は、嵯峨天皇の子息に特有の一字名「淳」を名乗り、親王の列に加えられるでもなく、臣籍降下して源氏の姓を名乗るでもなく、「王」という中途半端な地位に、終生とどまった。(3)〈嵯峨〉の地に隠棲したことから「嵯峨隠君子」の名で呼ばれ、漢学の才に優れていたことから、まだかけだしのあの菅原道真が、官吏登用試験としての対策文の字句の選定に窮した際、師の橘広相（ひろみ）は〈嵯峨〉の地にまで馬をとばし、この人物に助言を仰いだという。(4)『江談抄』はまた、詩文の評価や、琴（きん）（七絃琴）の奏法をめぐり、この人物が唐代の詩人元稹（げんしん）の霊と親しく交わった様子も伝えている。(5)

『今鏡』が「このころならば、法師にぞなり給はまし」と述べるように、隠棲といえば仏教のそれを思い浮かべる。だが平安前期においては、儒教思想にもとづく閑適の生活や、道教思想にもとづく隠逸の暮らしが一般的であった。「嵯峨」の語は、そもそも山の険しさの形容で、そこから神仙世界のイメージとの重なりも生ずる。それにしても、とばりの内に身を隠し、童

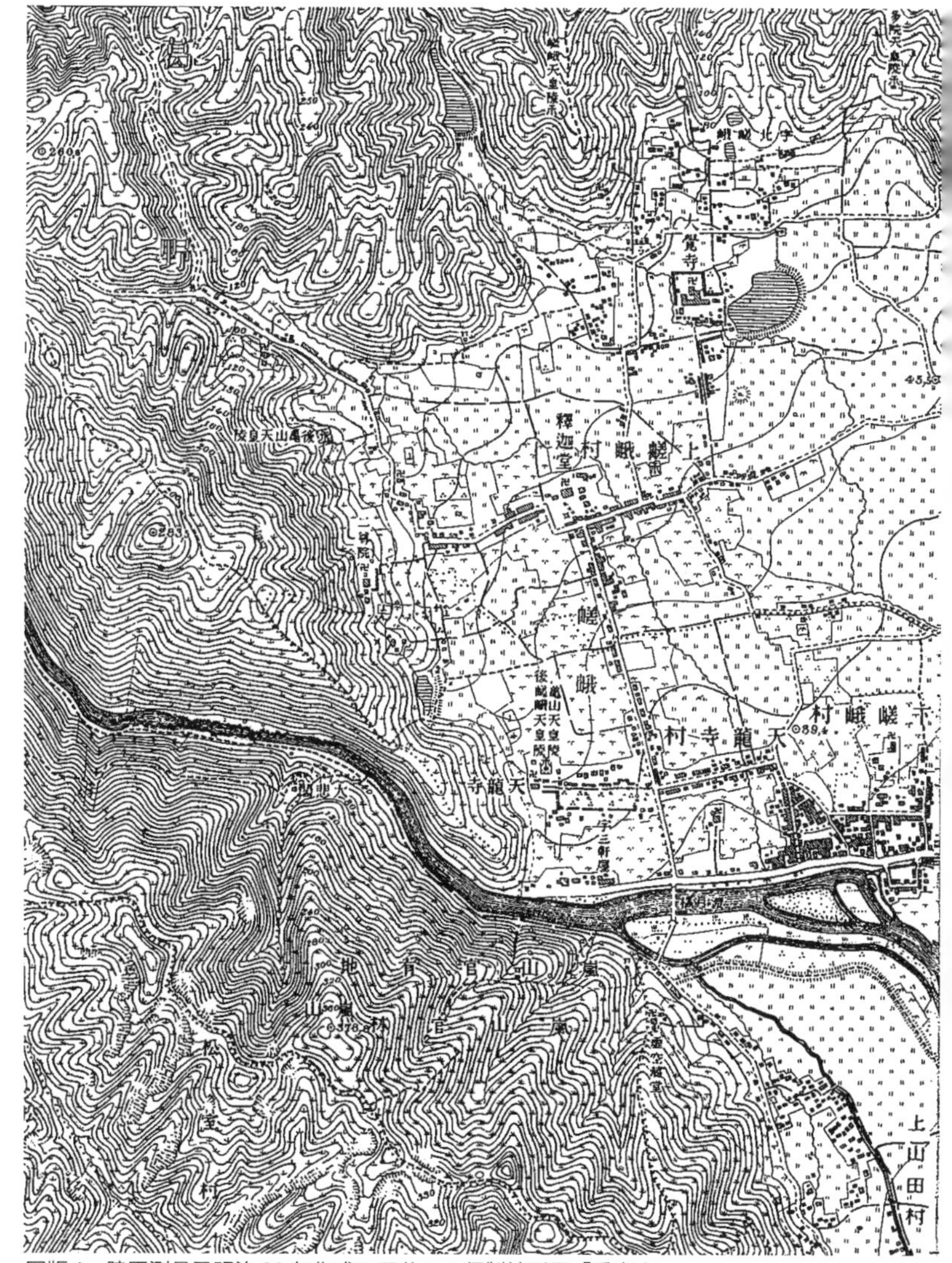

図版１　陸軍測量局明治 22 年作成 2 万分の 1 仮製地形図「愛宕山」

形のまま人との交わりを絶って、学問と音楽の内に孤独の寂しさをまぎらす生活とは、いったい、いかようのものであったか。「御み身にいかなることのおはしけるとかや」との『今鏡』のおぼめかしたもの言いからは、感染を恐れて世間から隔てられ、人々から忌み嫌われた、あの特殊の〈やまい〉に罹患していた可能性も考えられなくはない。だがことは皇室とかかわるだけに、うかつなもの言いは慎まなければならない。不用意な発言は、おのれの立場を危うくする。

そうした重苦しい空気（益田のこの文章が書かれた一九六二年ころの国文学界にはまだそうしたタブー意識が根強くあり、学術的な文章であっても天皇に対しては敬語使用が常態であった）をふりはらうかのように、益田は果敢に考察を進める。(6) 当時でいう「白人（しらこ）」、すなわちコーカソイド（白人種）に特有の、汎発生先天性白皮症として産まれついたか、でなければ記紀神話にみえる「ひる子」のように、足腰立たぬ未熟な奇形児として生まれ、うとまれ、人目につかぬところへ追いやられ、幼くして亡くなったか。だがそれでは、学問の才をもって世に聞こえたことと矛盾する。琴(きん)の名手との言い伝えは『体源抄』にも見えており、成人年齢に達する前に夭折したわけでは、かならずしもなさそうだ。(7)

益田のこの文章は、実のところ、成人儀礼としての元服を拒否し、「老い」てなお「童形」

を保ち続けることで、「男となり、社会人となり、女をめとり、子を生み、親王として、あるいは源氏として、父となり、祖父となり、生涯を過ごすことに対して反逆し」た、つまりは「人間一般として生きることを否定した」、その精神の奇形を「嵯峨の隠君子」のうちに見てとることで、自らの出生に疑念を抱き、「元服は、物憂がり給ひけれど、すまひ果てず」（匂宮巻）と、しぶしぶその成人への通過儀礼を受け入れた『源氏物語』第三部の主人公薫の、その特異な生き方へと照準するための助走であり、その基礎付け作業にほかならなかった。

「薫」という名にしてからが、身体から匂いたつその強い体臭に由来する。ならばある種の奇形（フリーク）、もしくは〈やまい〉として、これを理解することもできよう。薫はやがて、〈宇治〉をみずからの隠遁の地として選びとる。対するに正編の主人公光源氏は、自らの終焉の地を〈嵯峨〉と定めたらしく、早くからその地に御堂のしつらえを始めている。光源氏もまた、光り輝くその容姿からして、聖別された存在であってみれば、裏返しにされた奇形（フリーク）、もしくは〈やまい〉の兆候を、そこに見てとることは可能だ。

人名に由来するものなのか、地名なのか、いずれにせよ〈嵯峨〉の地に隠棲した謎の人物のあったことが確かだとすれば、〈嵯峨〉の地にたびたび言及し、みずからのテキストの内にそれをすすんで引き入れようとした『源氏物語』の意図するところと、その謎の人物の生きざまとが、どこかで接点を持った可能性を考えてみておかしくない(8)。

一　媒介項としての兼明親王

嵯峨の皇子と、醍醐のそれと、ふたりにしてひとりのいささか奇怪なイメージの重なりはそれとして、ここに新たに三人目の皇子を足し加えるなら、世間との交わりを絶って〈嵯峨〉の地にひっそりと隠れ住む、その薄幸の皇子の生きざまが、より具体的なすがたかたちをとって立ちあらわれてくる。同じく醍醐の子で、一旦は源氏に臣籍降下して左大臣の地位にまで昇りつめたものの、藤原摂関家の策謀により親王位への復位を強いられ、中務卿の閑職に追いやられた兼明親王がその人である(9)。

〈嵯峨〉の地に揺曳する精神の奇形性、もしくは人々からうとまれ、忌み嫌われる〈やまい〉の兆候を、兼明親王もまた、いくぶんか引き継いでいる。慶滋保胤が後に『池亭記』を書くに際し、その先蹤と仰いだ同名作品『池亭記』が代表作としてあり、また親王位への復位を強いられたことに憤って書かれた『菟裘賦(ときうのふ)』は、わけても有名だ。そのテキストへの引き入れを、『源氏物語』は明石一族との関わりを通してはかる。

「須磨」「明石」巻での試練を経て、朱雀帝から冷泉帝への代替わりとともに、ミヤコ世界へと返り咲いた正編の主人公光源氏は、明石の地（流謫の地？）でちぎりを結んだ明石君と、その腹に生まれた姫君を、新たに造営した六条院に迎えとり、ともに住まわせようと画策する。しかし田舎育ちの出自にコンプレックスを抱く明石君は、六条院へとただちに入ることはせず、大堰川のほとりに縁故の地を求め、そこをとりあえずの住まいと定める。(10)

むかし、母君（明石君の母）の御おほじ、中務の宮と聞こえけるが領じ給ひけるところ、大堰川のわたりにありけるを、その御のち、はかばかしくあひ継ぐ人もなくて、年ごろ荒れまどふを（明石君の父明石入道は）思ひ出でて、かの時より伝はりて宿守のやうにてある人を呼びとりて語らふ。

母方の曽祖父として名のみえる「松風」巻でのこの「中務の宮」を、『河海抄』や『花鳥余情』は、あやまたず兼明親王に比定する。(11)その想定は極めて蓋然性が高い。親王にはすでに、〈嵯峨〉の山荘において秋の月を詠んだ、「をぐら山かくれなき代の月かげにあかしの浜を思ひこそやれ」（『和漢兼作集』巻八）の歌がある。地方官（播磨権守）として明石の地に赴いた、かつての体験に基づく詠と思われる。

明石君母子の大堰への転居を準備すべく、ミヤコから明石の地へと呼び寄せられた「宿守」の言葉からも、親王との結びつけは顕著だ。「御荘の田畠などいふことの、いたづらに荒れはべりしかば、故民部大輔の君に申し給はりて、さるべきものなどたてまつりてなん、領じつくり侍る」との発言にみえる「故民部大輔の君」には、兼明親王の子で、東宮学士として長らく花山天皇に仕え、民部大輔にまで至った源伊行(これゆき)がモデルに想定される。(12)

兼明親王との、こうしたあからさまな結びつけは、「松風」巻になってはじめてみえるものではない。「明石」巻の明石入道による琴談義に、「なにがし(明石入道)、延喜の御手より弾き伝へたること、四代になんなり侍りぬるを」とあり、また「あやしうまねぶもの(我が娘明石君)の侍るこそ、自然にかの先大王(兼明親王?)の御手に通ひて侍れ」などの発言がすでに見え、箏の奏法にことよせた醍醐天皇との系譜的繋がりが、ことさらに強調されていた。続く源氏の発言、「嵯峨の御伝へにて、女五の宮、さる世の中の上手に物し給ひけるを」とあるのに応じ、明石入道の弾く箏の音(ね)は、「いまの世に聞こえぬ筋弾きつけて、手づかひ、いといたう唐めき、揺(ゆ)の音深う澄ましたり」と源氏に高く評価されている。(13) その音色はいかにも古風で、〈嵯峨〉に隠れ住む「隠君子」の人物像、なかんずく兼明親王との結びつけが、箏の奏法を通しても、強調されていたのである。

七絃琴を含めた器楽の日本における文化的受容については、上原作和『光源氏物語學藝史—右書左琴の思想』(翰林書房、二〇〇六)をはじめとして、すでに数多くの研究の蓄積がある。その詳細については、笹生美貴子「『源氏物語』の音楽研究史—七絃琴を中心に」[14]において、簡にして要を得た紹介がされているので、そちらに譲るとして、兼明親王についていえば、「亭の中に筆硯(ひっけん)一両を置きて居閑に備へ、絃歌(げんか)十数を携へて行楽に当つ」の文言が『池亭記』の中にみえ、小倉山のふもと、〈嵯峨〉の地での悠々自適の暮らしを謳った『遠久良(をぐら)養生方』にも、「詩両韻、琴一張」の句のあるのを確認する。そこにいう絃楽器が、礼楽思想に基づく七絃琴なのか、箏の琴なのか判然としないが、どちらも白楽天『地上篇并序』や『草堂記』の文言に倣ったものであったとするなら、隠逸を志向する当時の漢学者、中国でいえば教養読書人、士大夫層の常として、七絃琴の奏法に堪能であることは、必須の要件でもあったろう。[15]

「松風」巻に見える「故民部大輔の君」の記述に関連して、『花鳥余情』はまた、次のような奇妙な逸話を伝えている。兼明親王の亡くなった際、遺された品々の中に、なにか得がたいものはないかと当時の帝に問われ、いまひとりの子息中納言右衛門督源伊陟(これただ)は、「うさぎのかは衣こそ候へ」と答え、「かの菟裘賦」を帝にたてまつった。だが『菟裘賦』には、「君は昏(くら)く臣は諛(へつら)ひて、愬(うった)ふるに処なし」との、帝への批判的文言がある。それを知ってか知らぬか、その文章をそのまま帝に差し出した伊陟の愚かなふるまいに、世人はおどろきあきれ、「其のあとに、みれんの子の侍りけるを、口惜しきこと」と口々にささやきあったという。この逸話は『十訓抄』にも見えており、そのときの帝を村上天皇とするが誤りであろう。[16] 兼明親王の亡くなった永延元年（九八七）は一条天皇の治世で、『菟裘賦』の中で「君は昏く」と名指しで指弾されたのは、一条天皇の父に当たる円融天皇であった。だからこその、皮肉な後日譚でもあったのだ。[17]

くだんの『菟裘賦』にはまた、「語らず言ふこと靡きは、便ちこれ浄名翁が病、知者は黙す、寧ろ玄元氏（老子のこと）が文にあらずや」の句がみえる。後に鴨長明が、「栖ハスナハチ浄名居士ノ跡ヲケガセリトイヘドモ、持ツトコロハワヅカニ周利槃特ガ行ヒニモオヨバズ」とみずから問い、「心、更ニ答フル事ナシ」とみずから応えた『方丈記』末尾の文言を、それははるかに先取りするだけにとどまらない。[18] 「語らず」や「黙す」の句のあることで、いささか憚るところのある『菟裘賦』のこの文章は、書かれた当初、一般に公表されることなく、親王の死まで手元に置かれ、篋底深く匿されて、世人の知るところではなかったことが分かる。[19]

『菟裘賦』を起草するに先立って、親王は自らの終焉の地を〈嵯峨〉と定め、ささやかな山荘を営んだ。ならば大堰川のほとり、小倉山のふもとのその旧跡を引き継ぐ後継者に、明石一族を位置づけ、そのテキストへの積極的な取り込みをはかる『源氏物語』のねらいは、いったい那辺にあったのか。これは充分に検討に値することがらであろう。

二 『菟裘賦』にみる反逆と隠逸の相克

〈嵯峨〉の地に光源氏が御堂を建立したことは、「絵合」巻の末尾にはじめてみえ、次の「松風」の巻で、そのところの詳細が、以下のように語られる。明石君の住まう大堰の山荘と対比して、あたかもそれと対峙するかのように、御堂についての話柄が語りだされる。

造らせ給ふ御堂は、大覚寺（＝嵯峨天皇発願の寺）の南に当たりて、滝殿の心ばへなど劣らずおもしろき寺也。これ（明石君の住まい）は川づらに、えもいはぬ松陰に、何のいたはりもなく建てたる寝殿のことそぎたるさまも、おのづから山里のあはれを見せたり。

御堂のしつらえをととのえるとの名目で、その後、光源氏は、大堰に住まう明石君をたびたび訪ねては、「東の渡殿の下より出づる水の心ばへつくろはせ」などして、くつろいだひとときをすごす。一方の明石君の側はといえば、先に見た親王の歌「をぐら山かくれなき代の月かげにあかしの浜を思ひこそやれ」を踏まえ、それに呼応するかのように、「家のさまもおもしろうて、年ごろ経つる（明石の）海づらにおぼえたれば、所変へたる心ちもせず、むかし（曽祖父中務宮の生前の様子）のこと思ひ出でられて、あはれなること多かり。造り添へたる廊などゆゑあるさまに、水の流れもをかしうしなしたり」と、懐旧の想いにふける。母尼君とのやりとりのなかで、光源氏が詠みかわす歌においても、水の流れが次のように主題化される。

（源氏は母尼君をして）昔もの語りに、親王の住み給ひけるありさまなど語らせ給ふに、つくろはれたる水のおとなひ、かことがましう聞こゆ。

住みなれし　人はかへりてたどれども　清水は宿のあるじ顔なる

わざとはなくて言ひ消つ（母尼君の）さま、みやびかによしと（源氏は）聞き給ふ。

いさらゐは　はやくのことも忘れじを　もとのあるじや面がはりせる

「いさらゐ」は鑓水のこと。それにしても、〈嵯峨〉の御堂といい、大堰の山荘といい、邸内に引き入れた水の流れへの言及が、このようにして、くりかえしみられるのはなぜだろう。当時の貴族の邸宅に、鑓水のしつらえは不可欠であったにしろ、これほどまでのこだわりには、やはり兼明親王からの影響を見ておく必要がある。隠棲の地を〈嵯峨〉に求めた親王は、亀山のふもとに水脈を探るべく、『祭亀山神文（亀山の神を祭る文）』を起草している。[20] その文言に曰く、

謹みて重ねて言（まう）さく、伏してこの山の形を見るに、亀を以て体と為す。それ亀は玄武の霊、水を司（つかさど）る神なり。（中略）故に山の頂になほ水有り。山の趾（ふもと）にあに水なからんや。しかるにこの地水なし、進退惟れ谷（こきはま）れり。伏して望まくは、山神視聴を開き、贔屓（ひき）を起こし、水脈を引いて洪流を通し、石竇（せきとう）を穿（うが）ちて飛泉を下せ。

結果、水脈を探り当てたかどうかは不明である。同じく〈嵯峨〉の山荘について起草した『憶亀山二首（亀山を憶ふ二首）』や『山亭起請（山亭の起請）』などの詩句を見ても、水の流れへの積極的な言及はみられない。どころか『遠久良養生方（遠久良（をぐら）養生の方）』の冒頭には、「塢塞（おさい）（堤防）の上、亀山の傍ら」の句を確認する。親王の営んだ山荘は、大堰川が作り出した自然堤防の上に立地して、およそ水とは縁のない高燥の土地柄だった可能性が高い。[21]『拾芥抄』によれば、親王の自邸「御子左殿」は三条坊門南、大宮東に南北二町を占めて位

置していた。その邸内に「池亭」を設け、〈市井の隠〉の風雅に思いをはせて『池亭記』を起草したのは天徳三年（九五九）のこと。ときに親王は、まだ源兼明として臣下の列にあり、正三位中納言であった。その後、念願の隠棲の地を〈嵯峨〉に定め、『祭亀山神文』を起草して、先に見たように邸内に水を引き込むべく水脈を探ったのが天延三年（九七五）のことで、このとき親王はすでに従二位左大臣の高位にあって、他の公卿殿上人を従え、政務を主宰する枢要な地位にあった。[22] だがそのわずか二年後の貞元二年（九七七）に親王位への復位を迫られ、中務卿の閑職へと追いやられる。この間の経緯を、『栄華物語』は次のように伝えている。[23]

> かかる程に大殿（兼通）おぼすやう、「世の中もはかなきに、いかでこの右大臣（頼忠）、今少し成しあげて、我が代りの職をも譲らん」とおぼしたちて、ただいまの左大臣兼明の大臣と聞こゆるは、延喜の帝の御十六の宮におはします。それ御心地悩ましげなりと聞こしめして、もとの親王になしたてまつらせ給ひつ。さて左大臣には、小野宮の頼忠の大臣をなしたてまつり給ひつ。右大臣には雅信の大納言なり給ひぬ。

この独断的な人事に対する憤懣やるかたなき想いを、歯に衣着せぬ激しい言葉遣いで一気呵成に書き綴ったのが、先に見た『菟裘賦』の文言なのであった。

それにしてもおかしな話である。内廷関係の文書行政を一手にあずかる中務省には、長官職である卿の下に大少の輔（すけ）が控えており、三等官として侍従が、四等官として大少内記が配属され、いかに閑職とはいえ、主に漢学出身者で構成されるそれら人的ネットワークをたばね、領導する知的交友圏の中心に、みずからを位置づけることにもなったはずである。

そもそも親王は、隠逸の生活にあこがれ、その理想の暮らしを、いままでさんざんに賛美してきたではないか。ならばその生活が、まさに現実のものとなった今こそ、これ幸いと、むしろそれを喜ぶべきはないだろうか。したがって『菟裘賦』序文の文章も、「たまたま」とか、「幸いにも」の語をともなって、順接としてつながるべきである。なのに実際は、逆接表現をとっている。

余亀山の下に、聊（いささ）か幽居を卜して、官を辞し身を休し、老を此（ここ）に終へんと欲（おも）ふ。草堂の漸（やうや）く成りぬるに逮（およ）びて、執政者に、枉（ま）げて陥れらる。君昏（くら）く臣諛（へつら）ひて、愬（うった）ふるに処なし。命なるかな天なるかな。

文脈の流れはいささか屈折している。それがみずから主体的に選びとった隠逸の生活ではなくして、外部から強いられたものであることへの異議申し立てを、いままさに、この文章を起草することによって行うに際し、以下のような〈誤読〉の、読者のうちに生じることを、あらかじめ封じ込めておく必要があったのかもしれない。

つまりはこうである。六十四歳の高齢とはいえ、政務（俗事）に繁忙を極めるからこそ、いっときそれを逃れるための隠逸の生活へのあこがれであった。日ごろ厭うていたその政務を取りあげられては、隠逸への想いもたちまち色あせる。ならば今まで事あるごとにくり返してきた隠逸の生活へのあこがれなど、上っ面の観念的なお遊びにすぎず、実のところは、いまだ政務（俗世）への強い執着を残していて、それゆえにこの文章を起草したのではないかとの、周囲の誤った理解である。序文はしたがって、後世の読者へ向け、くれぐれも誤解のなきよう直接呼びかける、次のような文章へと続いていく。

> 後代の俗士、必ず我を罪するに其の宿志を遂げざるを以てせん。然れども魯の隠（いん）、菟裘の地を営みて老ひなんと欲ひて、公子翬（き）に害（そこな）はる。『春秋』の義、その志を賛（たす）け成して、賢君となせり。後来の君子、若（も）し吾を知る者あらば、これを隠すなけん。

魯の隠公は政局を退いて菟裘（ときゅう）の地に隠棲したにもかかわらず、その政治的野心を疑われ殺された。[24] その隠公にみずからを擬することで、異母兄源高明が「安和の変」でこうむった左遷の憂き目を、もしかしたら、今また自分もこうむらねばならなかった当時の緊迫した政治情勢に、読者の理解を求める。前年には二度目の内裏焼亡があって、執政藤原兼通の私邸堀河院を里内裏に、天皇はそこに間借りして、あたかも人質にとられたような状態にあった。兼通による政務の私物化には目に余るものがあり、弟兼家との摂関家内部の確執を背景に、実際なにが起きてもおかしくない状況にあったのだ。[25]

だからというべきか、続く『菟裘賦』の本文は、左遷の憂き目にあった幾多の先人たちの事例を、漢籍文献に徴しつつ、失意のうちに隠逸閑居の生活を強いられた、それらの人びとの想いに、限りなき共感を寄せる文章によってつづれ織りされる。首陽山にのがれて蕨を摘んだあの伯夷・叔斉に始まり、陶淵明の「帰去来辞」の引用に終わる先人たちの生きざまにみずからを擬し、それを紙上で模倣再現し、修辞のレベルで真似てみせることに費やされるのだ。[26]

『菟裘賦』が、後の人々にもてはやされ、絶賛されたのは、官途にあれば清廉をもってこれに努め、もし入れられなければ野（や）に下り、隠逸の風雅に心遊ばせて、自らの憂愁の想いを慰めつつ、再起のときを待つという、海彼のいわゆる教養読書人、士大夫層に特有の、二つの生き方を一身に体現するかたちで、それを一篇の詩文の内に、見事に集約してみせたからであろう。その模倣踏襲の営みのうちに、本朝に在っては少しも評価されず、所詮は絵にかいた餅でしかない律令官人としての理想像を、人びとは兼明親王の姿に重ね合わせ、その去就の内に透かし見たのだ。

そして『源氏物語』は、親王のその生きざまを、ミヤコを追われ、落魄の身として明石の地にありながら、なんとしても再起をはたそうと願う明石一族の姿に託すことで、テキストのうちに引き入れようとする。兼明親王が『菟裘賦』に籠めた思いを、いわば擬似的に再現し、もどくかのような明石一族を物語内に設定することで、そこへと主人公光源氏を引きよせてみせるのだ。(27)

三　親王の生きざまを模倣し横領する光源氏

『古今著聞集』の伝えるところによれば、兼明親王はなかなかの演技派で、蕃客(渤海使)来訪の様子を模倣、再演してみせる宮中の遊び(演劇)を村上天皇とともに企画し、そのとき親王はまだ中将の位にあったが、主賓としての「渤海大使」の役柄を、威風堂々、見事に演じたとされる。[28] 光源氏が〈嵯峨〉の地に御堂をしつらえたとする「絵合」巻の設定の背後に、そうした親王の芝居がかったふるまいを模倣し、今また再演しもどいてみせる意図があったとして少しもおかしくない。だが『菟裘賦』にみてとれる、その強度に見合うだけの覚悟を、光源氏のそのふるまいに見てとれるかどうかは、別問題である。

「絵合」巻には、「中ごろ、なきになりて沈みたりし愁へ（須磨明石での試練）に代はりて、いままでもながらふるなり、いまより後の栄えは、猶命うしろめたし、静かに籠りゐて、後の世のことを勤め、かつは齢をも延べん、と思ほして、山里ののどかなるを占めて、御堂を造らせ給ひ、仏経（ほとけきやう）のいとなみ添へてせさせ給ふめる」とあるものの、続く語り手の評言にこめられた、なんとも皮肉なニュアンスが、はなはだ気になる。

> 末の君たち、思ふさまにかしづき出だしてみむとおぼしめすにぞ、とく捨て給はむことはかたげなる。いかにおぼしおきつるにかと、いと知りがたし。

まさしくここが勘どころであり、論の折り返し点となる。

結論から言って、左遷の憂き目に合った先人たちの言動を模倣踏襲する親王の隠逸への志向を、屋上屋を架すように、今また模倣踏襲し、もどこうとする光源氏のふるまいは、しかしあまりに手ぬるく、むしろ姑息で軽率にすらみえる。それを象徴するかのような記述が、六条院造営をめぐる「少女」巻に、次のようにみてとれる。

中宮の御町をば、もとの山に、紅葉の色濃かるべき植ゑ木どもを添へて、泉の水とほく澄まし、遣水のおとまさるべき巌立て加へて、滝落として、秋の野をはるかに造りたる、そのころに合ひて、盛りに咲き乱れたり。嵯峨の大堰のわたりの野山、無徳におされたる秋なり。

「ここかしこにておぼつかなき山里人などをも集へ住ません御心」とあるように、紫の上の養女として二条院に迎え取られた（というよりか、強引に引き離され、奪い取られた）明石姫君とは、「ここかしこ」分かれ分かれに、いまだ大堰の地にとどまっている明石君を呼び寄せるべく、光源氏は「六条京極のわたりに、中宮の御古き宮のほとりを、四町をこめて」、広大な邸宅を造営する。問題なのは、その一角へと明石君を迎えるに際してのこの「少女」巻の記述である。

「嵯峨の大堰のわたりの野山」を模すなら、それは明石君の住まいに当てられた「冬の町」以外ではあるまい。なのに、邸宅内にミニチュア化され、矮小化された大堰の景を持ち込み、率先してそれを引き入れたのは、光源氏の権力基盤ともなった秋好中宮の「秋の町」においてなのである。しかも「無徳にけおされたる」とあるのだから、その驕り高ぶりようは目に余る。六条院造営における、そもそものボタンの掛け違いが、ここにみてとれよう。明石君の側からしてみれば、その腹を痛めた姫君とは強引に引き離され、今また母方の曽祖父「中務の宮」より伝えた由緒ある〈嵯峨〉の大堰の景物をも、光源氏によって横領され、秋好中宮の「秋の町」へと、勝手に移し換えられてしまったのだ。

だが、事はそれで治まるはずもあるまい。「絵合」の巻末に記された、「とく捨て給はむことはいかたげなる」とか、「いと知りがたし」などとの、語り手による皮肉(アイロニカル)な物言いから察するに、六条院の私的空間に一旦は移し換えられ、横領されてしまった〈嵯峨〉のトポスではあるが、ついにはその空間構成を内側から食い破り、いままで明石一族をないがしろにしてきた光源氏へのしっぺ返しが、やがて始まるに違いない。

四　〈嵯峨〉VS〈六条〉

舞台はミヤコの西北郊に位置する〈嵯峨〉から、〈六条〉の地へと移された。これについては、当初の構想に六条院はなかったとの説を越野優子がとなえていて興味深い。[29] 越野が紹介する「少女」巻の異本（別本系）には、「ここかしこのおぼつかなき山里の人なども、つどへ住ませんとおぼして、二条京極のあたりに良き町を占めて、古き宮のほとりに造らせ給へり」（津守国冬所持本）とする本文がある。二条東院では足りなくて、光源氏は二条京極の地に、新たに邸宅を構えることとなっていた。それがどうしたわけか、ある段階で〈六条〉の地へと構想変更されたらしいのだ。

二条京極から六条京極への変更については、秋好中宮が母六条御息所から伝領した里邸に隣接し、それを拡張する形がとられたことに理由が求められる。だがそれだけだろうか。この問いへの答えとして、かつて論者（深沢）は慶滋保胤の『池亭記』とからめ、後中書王具平親王の邸宅「六条千種殿」を意識し、それとのイメージの重なりを想定したものではなかったかとの仮説を立ててみた。[30] これについては、はやくに藍美喜子の論があり、そこでは、紫式部が保胤の『池亭記』を踏まえて六条院を構想した可能性に言及している。[31]

兼明親王亡きあと、中務卿の職を引き継いだ村上天皇の第七皇子具平親王は、兼明親王と同じく漢学の素養に優れ、数多くの漢詩文を残している。[32] 具平親王の周辺には、世に入れられず、卑官に甘んずる漢学者たちがしばしば集い、詩文を介して互いの鬱情をはらす知的交流の場として、いわば〈知〉のネットワークのセンター的機能を果たしていたらしい。具平親王はまた仏教への信仰心篤く、寛弘四年九月には入宋した寂昭に「野人若愚」の仮名（けみょう）で、自ら書写した経巻に添えて「書」を送ったことが『参天台五台山記』にみえる。

『今鏡』の次の記述によれば、その邸宅が立地する〈六条〉の地で、親王は晩年に至るまで、世間から隔絶した高踏的な暮らしに甘んじていたらしく、その親王が珍しく公的な場に顔を見せた様子を、次のように伝えている。[33]

> 一条院は（中略）常は、春の風、秋の月の折節につけて、花の梢（こずえ）を渡り、池の水に浮かぶを過ぐさずもて遊ばせ給ひけるに、御叔父の中務宮はじめてその筵（むしろ）に参り給ひけるに、慣らはせ給はぬ御ありさまに、御冠の額もつむる心地せさせ給ひ、御帯も御襪（したうづ）もいぶせくのみ覚えさせ給ひけるに、大御遊はじまりて、藤民部卿（斉信）、四条大納言（公任）、源大納言（俊賢）、侍従大納言（行成）などいふ人たち、「周の文王の車の右に載せたる」などいふ詩の序、以言（これとき）と聞こえし博士の作りたる、詠じ給ひけるにぞ、御子の御かうぶりも御装（よそひ）もくつろぐやうに覚えさせ給ひて、おもしろくすずしく覚えさせ給ひける。

具平親王がはじめて参会した宮中でのこの詩筵は、寛弘四年（一〇〇七）四月二十五・二十六の両日にわたって行われたもので、大江以言による詩序「周の文王の車の右に載せたる」の文言から、親王を太公望呂尚になぞらえ、歓待しようとした、その場の好意的な雰囲気がうかがえる。とはいえ、そのわずか二年後の寛弘六年（一〇〇九）七月に、親王は死去しており、四十六歳の生涯のほとんどを、〈六条〉の地で、隠者のように暮らした。

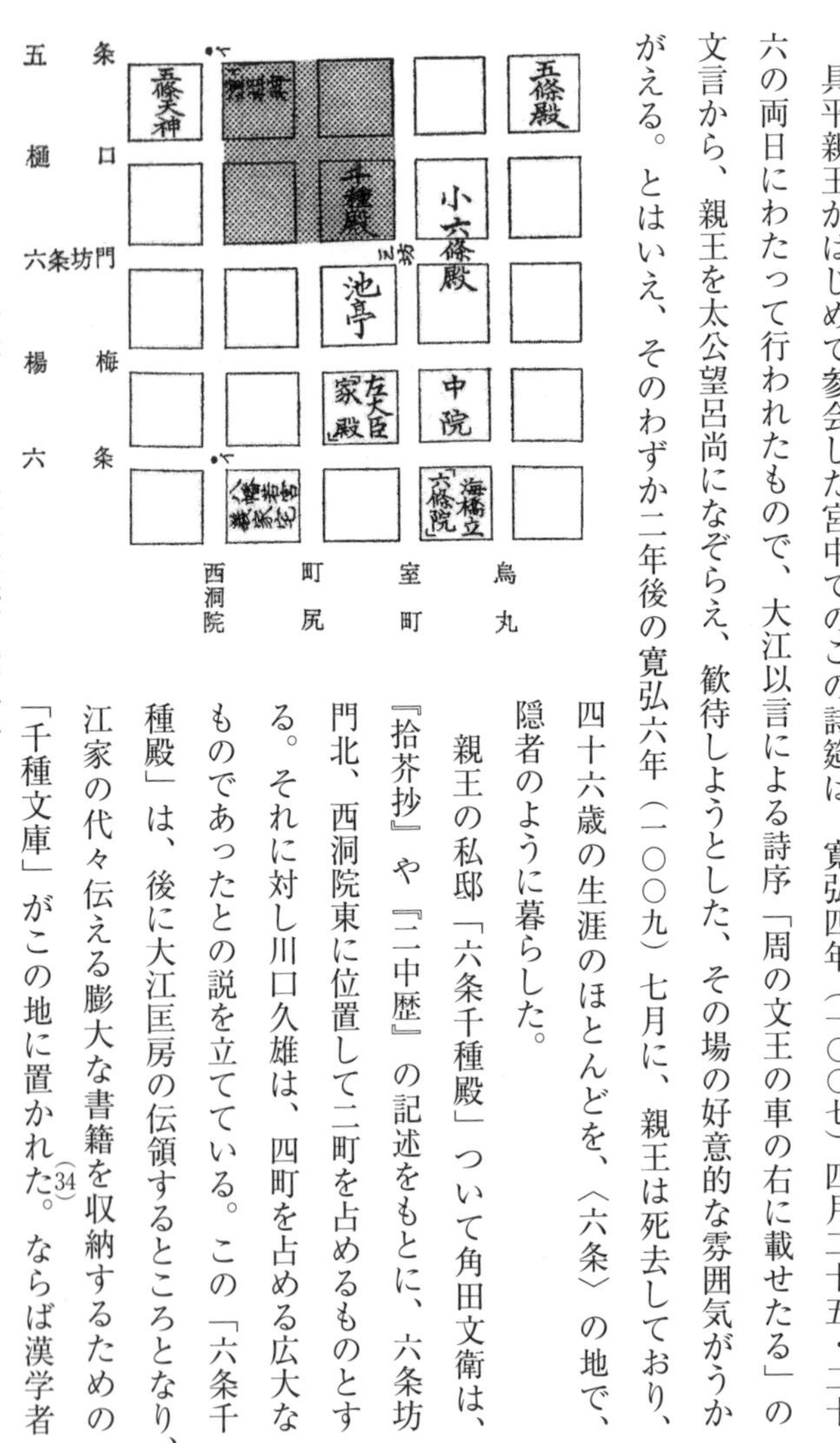

図版2『拾芥抄』六条付近図（網掛け部分が千種殿と思われる）

親王の私邸「六条千種殿」ついて角田文衞は、『拾芥抄』や『二中歴』の記述をもとに、六条坊門北、西洞院東に位置して二町を占めるものとする。それに対し川口久雄は、四町を占める広大なものであったとの説を立てている。この「六条千種殿」は、後に大江匡房の伝領するところとなり、江家の代々伝える膨大な書籍を収納するための「千種文庫」がこの地に置かれた。(34)ならば漢学者たちが集う〈知〉の人的ネットワークの要(かなめ)の位置に、具平親王のこの「六条千種殿」のあったことが、あらためて確認される。おそらくは『源氏物語』の作者紫式部も、漢学者の父を介してその人的ネットワークの末端に位置していたにちがいない。

〈嵯峨〉のトポスと〈六条〉のトポスをつなぎ、前中書王兼明親王と後中書王具平親王とを結び合わせるその要の位置に、「内記上人」の名で知られた慶滋保胤がいた。保胤は具平親王の家庭教師として、ながらくその学問指南役を務めており、親王の邸宅「六条千種殿」の周辺、もしくはその一角に、いうところの「池亭」は立地していたとされる。先にも述べたように、保胤の『池亭記』は、兼明親王の同名作品を意識し、その隠逸の姿勢を踏襲するため書かれたものであった。保胤はまた、親王の〈嵯峨〉の山荘をたびたび訪ねては、自らの代表的著作『日本往生極楽記』の完成に向け、親王にしばしば助言を求めてもいる。(35)

『源氏物語』の「少女」巻は、光源氏の子息夕霧の学問修養に、多くの筆を費やす巻である。その学問指南役として登場する「大内記」の人物造形には、保胤のイメージが重ね合わされているのではないか、ならば夕霧（母方の系譜をたどれば孫王となる）には、具平親王の姿が重ね合わせにイメージされているのではないかとの説を、先には立てた。(36) その立論のねらいは、この世の浄土ともみまがうほどに贅を尽くした六条院の空間が、女三宮と柏木との密通事件を契機に、やがて空洞化していくそのことが、すでに構想段階で先取りされていたであろうことを、『池亭記』にいう保胤の「池亭」が、実は紙上に描いただけのフィクション（差図）でしかなかったことと結びつけて論証しようとするものであった。「うつろの楼閣、六条院」と題した所以である。その際、立論の始発に「匂宮」巻の次のような記述を取りあげたのだが、今までの論の流れからすると、この記述については、また別の読みが可能となるようにおもう。

> 二条院とて造りみがき、六条の院の春のおとどとて世にののしる玉の台も、ただ一人（明石の御方のこと）の御末のためなりけりとみえて、明石の御方は、あまたの宮たちの御後見をしつつ、あつかひきこえ給へり。

明石君の腹に生まれた姫君は、やがて入内して明石中宮となり、多くの皇子、皇女を儲ける。二条院には三宮（匂宮）が、六条院の「春の町」の東の対には女一宮が、寝殿には二宮が住む。一宮はといえば、次代を担う、まごうかたなき儲けの君として、内裏に住まいしている。これら宮たちのゴット・マザーとして、明石の御方は、四町を占めた六条院の空間的ひろがりをはるかに超え出て、今やミヤコ世界の全域を盤石のごとく下支えする存在へと、その位置づけを変えている。先に見た「絵合」巻末の語り手の評言、「末の君たち、思ふさまにかしづき出してみむとおぼしめす」とのものいいが、まさしくここに、皮肉なかたちで実現したことが見てとれる[37]。

六条院造営の当初、「嵯峨の大堰のわたりの野山、無徳にけおされたる秋なり」として、秋好中宮の「秋の町」に取り込まれ、横領されてしまった〈嵯峨〉のトポスは、あたかも悪性の腫瘍のように増殖し、肥大化して、取り込められたその空間を内側から食い破り、結果、光源氏の権力基盤の中枢部を蚕食し、つにはそれを覆してしまうのだ。

これを要するに、兼明親王が『菟裘賦』に打ち籠めた、その呪詛ともみまがうことばの感染力が、『源氏物語』の世界に大きな反転をもたらす。〈嵯峨〉のトポスに揺曳する精神の奇形（フリーク）、もしくは〈やまい〉の兆候は、主人公光源氏によってではなく、むしろその個人的な思惑を越え出て、それを裏切るかたちで、『源氏物語』のテキストによって、正しく引き受けられたといえよう。

おわりに——再びの模倣へむけたアイロニー

さて、当の光源氏である。第三部「宿木」巻に至って、不義の子薫の口を通して語られる、物語世界から寂しく退場していったその後ろ姿は、あまりにあわれだ。[38]

故院（光源氏）の亡せ給てのち、二三年ばかりの末に、世を背き給ひし「嵯峨の院」にも、「六条院」にも、さしのぞく人の、心おさめん方なくなん侍りける。草木の色につけても、涙にくれてのみなん帰り侍りけり。かの御あたりの人は、上、下、心あさき人なくはべりけれ、方々つどひものせられける人々も、みな所々あかれ散りつつ、おのおの思ひ離るる住まひをし給ふめりしに、はかなき程の女房など、はたまして心をさめん方なくおぼえけるままに、ものおぼえぬ心にまかせつつ、山林に入りまじり、すずろなる田舎人などになりなど、あはれにまどひ散るこそ多く侍りけれ。

いささ引用が長きに及んだが、不義の子薫のまなざしを通して語られた、その皮肉交じりの反転の図式を、しっかりと確認しておきたい。[39]

＊　＊　＊

さてこれとは一見無関係にみえる文章を最後に掲げて、論の閉じ目としたい。『紫式部日記』の寛弘五年十月十余日の条にみえる、次のような記述である。[40]

中務の宮わたりの御ことを（道長さまは）御心に入れて、（私を）そなたの心よせある人とおぼして、かたらはせたまふも、まことに（私の）心のうちは、思ひゐたる事おほかり。

男子誕生のめでたさにわきたつ土御門殿のあるじ藤原道長は、昼となく夜となく誕生間もない若宮（後の後一条天皇）を抱き上げ、その小水に着衣を濡らされて、「この宮の御しとに濡るるは、うれしきわざかな」と、手ばなしの好々爺ぶりを示す。その際のこと、傍らに控える式部に、子息頼通の婿入り先につき、相談を持ちかけたのである。

文中にみえる「中務の宮わたり」とは、いうまでもなく後中書王の名でよばれた具平親王のこと。当時道長は、子息頼通と具平親王の娘隆姫との婚姻を望んでいたらしく、『栄華物語』「初花」巻は、その後の婚姻の経過を、具平親王の側によりそいながら丹念に跡づける。(41) 式部の父為時や亡夫宣孝は、どちらも具平親王家に家司（けいし）として仕えたことがあり、その縁故もあってか、この時点で道長は、式部になんらかの仲介役を期待したのであろう。

仲介の労をとるからには、式部としてもその「反対給付」をおおいに期待したいところだ。だがそのおもわくはかなわなかったようで、若宮の親王宣下に際し、みずからの係累（父為時や弟惟規など）も含め、その論功行賞から漏れてしまった人びとの様子を、「藤原ながら門分かれたるは、列にも立ち給はざりけり」と自嘲気味に記しつけている。また「宮の家司、別当、おもと人など、職さだまりけり。かねても聞かでねたきこと多かり」と、その人選の相談にあずかることのなかった、おのれの疎外された立場を、あらためて思い知らされてもいる。

　寛弘五年十月のこの時点で、『源氏物語』がどこまで書き進められていたのか、それは論証不能である。だが、「男は妻がらなり。いとやむごとなきあたり（＝王統腹／源氏）に参りぬべきなめり」[42]として具平親王家との姻戚的な結びつきを強く望み、みずからの権力基盤にそれを引き入れ、有効活用しようとする道長の政治的おもわくを、光源氏のそれと重ね合わせてみるなら、明石一族を介して〈嵯峨〉のトポスを取り込み、テキストの内にそれを引き入れることで、『菟裘賦』に示された兼明親王の隠逸の志向を模倣し、さらにはその後継者の位置づけにある具平親王の「六条千種殿」を念頭に置きつつ、「少女」巻で六条院造営に着手した光源氏のふるまいとの間の奇妙な暗合を、そこに見てとることはできはしまいか。[43]

　冷ややかに醒めた式部のまなざしは、これからの物語の行く末を、はるかの先まで見通していたように思われる。

注

（1）益田勝美『火山列島の思想』（一九六八）所収。後に『益田勝美の仕事2』（二〇〇六、ちくま学芸文庫）に収載。
（2）引用は、竹鼻績『今鏡（中）』（一九八四、講談社学術文庫）。
（3）『江談抄』巻五の第六五話「隠君子の事」（新日本古典文学大系）。なお「淳」は、名として「あつし」「きよし」「ただし」「まこと」などの様々な訓みが考えられる。
（4）『江談抄』巻五の第六四話「広相左衛門尉に任ぜられ、是善卿許されざる事」。
（5）『江談抄』巻四の第五八話「これ花の中に偏に菊を愛するにはあらず、この花開きて後更に花のなければなり」。
（6）丸山眞男の論壇デビュー作となった「超国家主義の論理と心理」（一九四六）の執筆に際しての逸話が思い合わせられる。一九八九年に書かれた「昭和天皇をめぐるきれぎれの回想」（『丸山眞男集』15巻所収）において丸山は、当該論文執筆中、天皇に対し敬語を使用しないよう意識することで、昭和天皇および天皇制への戦前からの自己の「思い入れ」に終止符を打ったと述べている。
（7）『体源抄』は注（5）の『江談抄』の逸話を踏まえつつ、雅楽の楽曲「老君子」に関して、「嵯峨天皇の隠君子の御所作の楽なり、ゆえに老君子と名づく。隠居久しく、空しく以て衰老におよぶも、王位に至らざるの太子なり。かの所作のゆゑに、以て号となす云々」との説を伝える。また、歴代の親王のなかで音楽の名手としてその名を挙げ、「隠若子琴」と記す。

(8)戊亥（西北）は民俗学でいう祖霊信仰の方角である。『方丈記』に「嵯峨ノ天皇ノ御時、都ト定マリニケルヨリノチ、スデニ四百余歳ヲ経タリ」とあるように、ミヤコの起源を嵯峨天皇に求める意識が当時一般であったから、その山荘（大覚寺）も、その裏山の陵墓もこの地に設けられたのだろう。だからこそ「嵯峨隠君子」や兼明親王は隠棲の地をこの嵯峨に定めた。祖霊への畏敬の念はやがて恐れへと転ずる。これについては高橋昌明『酒呑童子誕生―もうひとつの日本文化』（中公新書、一九九二）を参照のこと。

(9)兼明親王の治績に関しては、大曾根章介「兼明親王の生涯と文学（上・下）」（国語と国文学39―1・2、一九六二、後に『日本漢文学論集』に収載）に詳しい。

(10)『源氏物語』本文の引用は、柳井滋・藤井貞和他篇『源氏物語二』（岩波文庫、二〇一七）、『同』三（同、二〇一八）による。

(11)中野幸一編源氏物語注釈叢刊『河海抄』『花鳥余情』（武蔵野書院、一九七八）。

(12)伊行は親王の漢学の素養を引き継ぎ、儒官として生きた。七年間の東宮学士の功により正五位下に叙されたことが『小右記』天元五年正月十日条に見え、同年四月の省試の際には問答博士を務めたことが見える。なお『御堂関白記』寛弘七年十月三日条には、「国挙朝臣故伊衡（行）家文四百余巻持来」とあり、父親王から譲り受けたその蔵書は、最終的に道長の手へと移管されたようだ。

(13)「搖の音」とは、絃を左手で揺すってビブラートさせる奏法のひとつ。三村友希「女君たちの音風景―女三宮の微笑み」（上原作和編『アジア遊学126―〈琴〉の文化史　東アジアの音風景』勉誠出版、二〇〇八所収）は、「若菜下」巻の女楽における明石女御の奏法について、「箏の琴は、女御の御爪音は、いとらうたげになつかしく、母君の御けはひ加はりて、搖の音深く、いみじく澄みて聞こえつる」と表現していることから、楽の継承において明石女御は明石一族の系譜につらなることが確認され、その明石女御を養女として育てあげた紫の上の疎外された立場が、かえって浮き彫りになるとの読み取りを行う。

(14)上原作和編『アジア遊学126―〈琴〉の文化史　東アジアの音風景』（勉誠出版、二〇〇八）所収。

(15)琴の日本における受容については、西本香子『古代日本の王権と音楽』（高志書院、二〇一八）に詳しい。なお「若菜下」巻の女楽にみる琴と和琴との差異化の様相については、井上正「『源氏物語』の音楽思想―琴と和琴について」（帝京大学文学部教育学科紀要36、二〇一一・

三)、今井久代「『源氏物語』弾物四種の女楽が描くもの――「跡ある」琴と「跡なき」和琴をめぐって」(東京女子大学『日本文學』108、二〇一二・三)などが最近の成果として挙げられる。

(16)帝を村上天皇とする誤伝は『直幹申文絵詞』として伝える逸話との混同から生じたものか。『今昔物語集』巻二四の二四話、『十訓抄』巻一〇の二九話、同七〇話などによれば、欠員を生じた民部大輔への就任を願い、橘直幹が上奏した申文には、「人に依りて事を異にす、偏頗に似たりと雖も、天に依りて官を授く、誠に運命に懸れり」との帝王批判の言辞が見え、村上天皇はそれを不快として取りのけたとする類似の逸話を伝えている。

(17)この逸話を伝える『十訓抄』巻一〇の一話は、伊陟について、「文盲のあひだ、これを知らず」、「菟裘といふ名をだにも、知り給はざりけるにや」と批判する。しかしそうではなく、注(9)前掲論文で大曾根章介も指摘しているように、わざと無知を装って、一条天皇に対し、暗にする諫言を行ったとも考えられる。これについては『愚管抄』巻三「一条天皇宸筆宣命条」にみえるもうひとつの逸話が参考となろう。一条天皇の死後、その遺品のなかに、「三光、明ならんと欲するも、重雲覆ひて、大精暗し」の語のあるのを見出して、これをただちに焼き捨てたと伝える道長の行為と首尾照応して、見事な相似形をなしている。

(18)この件に関しては、深沢『新・新猿楽記――古代都市平安京の都市表象史』(現代思潮新社、二〇一八）の第七章「都市へのまなざし（四）―ラカンで読む『方丈記』」を参照のこと。

（19）『菟裘賦』が世に出る経緯は、福沢諭吉の事例に似る。福沢は西南戦争当時、世の風潮にあらがって西郷擁護の『明治十年丁丑公論』を書く。また幕臣でありながら新政府に仕えた勝海舟や榎本武揚に対し、これを痛烈に批判した『痩せ我慢の説』を書く。これを筐底深く秘したまま、明治三十四年になって、ようやく一書にまとめ、公刊した。

（20）兼明親王の漢詩文の引用は、新日本古典文学大系『本朝文粋』（岩波書店）による。

（21）『日本記略』によれば「祭文」に応えて、たちまち泉が湧きだしたとする。おそらく樋のしつらえをあらかじめほどこした上で、「祭文」を読み上げたものであろう。親王のその演劇的な所作に注目したい。『花鳥余情』はまた、「昔もの語りに、親王の住み給ひけるありさまなど語らせ給ふに、つくろはれたる水のおとなひかことがましう聞こゆ」とある『源氏物語』本文に注して、「兼明親王、天延三年八月十三日、亀山に祈水。祭文有。後の世までも小倉山のふもと、篁の中に水の跡ある由、或説にしるし侍り」と記す。

（22）六十九歳の中納言文範を除けば、兼明は当時六十四歳の最高齢であった。兼明に代わって左大臣となった頼忠は五十四歳、雅信は五十八歳、関白兼通は五十三歳で、しかも兼通はその年の十一月に薨じている。

(23)『栄華物語』巻二「花山たづぬる中納言」。引用は日本古典文学大系『栄華物語』(岩波書店)による。

(24)『春秋左氏伝』は「冬、十有一月壬辰、公薨」の「経文」に対し、隠公謀殺の経緯を「伝文」として詳しく伝える。羽父は大宰(執政)となることを望み、いまだ幼い桓公を廃して隠公に復位を迫る。それを隠公に断られ、桓公排斥の謀議の知れるのをおそれ、口封じのために隠公を暗殺した。隠公の評価については、左氏・公羊伝と穀梁伝で分かれる。新釈漢文大系(明治書院)の校注者鎌田正はその「余説」で、「隠公は庶弟桓公に国を譲ろうとした賢君であった。それは桓公の母仲子が父恵公の寵愛を受け、恵公自身が桓公を自分の後に立てようと考えていたからであった。ただ恵公が薨じたときに、桓公が年なお幼少であったので、隠公はその成長するまでの一時、摂位したのである」と述べる。

(25)『公卿補任』によれば、兼明が親王に復籍して公卿の列から外れた貞元二年四月二十四日に、代わって子息の伊陟が蔵人頭左兵衛督から参議に転じ、公卿の列に加えられている。関白兼通の強引な人事というだけでなく、世代交代の意図もあったことを考慮すべきだ。しかし兼明自身の意識としては、この人事に大いに不満を感じていたのだろう。

(26)宋晗「隠棲後の兼明親王の文学─孤高と閑適─」(和漢比較文学55、二〇一五・八)は、『漢書』

「芸文志」にみえる「賢人失志」の形式を襲うテキストとして『菀裘賦』を位置づけ、「賢人失志の賦の源流は楚辞とされるが、平安朝における楚辞的文学の受容がその政治性になかったことは先学が指摘されたところである。すなわち、「菀裘賦」に示された中国文学の受容は、平安朝にあっては特異なものであり、賢人失志の表現様式は漢魏晋の文人達の手によって密度の高いものに練り上げられたものであった。それゆえに、この表現様式に沿って作られた「菀裘賦」は、ながらく高い評価を受けてきたのだと言えよう」と述べる。

(27)岡部明日香「明石の君と七絃琴—松風巻の醍醐皇統」(『源氏物語の鑑賞と基礎知識』20、二〇〇二・一)は、琴や箏の奏法を介した明石一族と兼明親王の結び付きを丹念に跡付けた上で、「六条院の冬の町は、むしろ大堰と背後の一世源氏の「物語」を京に取り込んだ世界＝松風巻の世界の延長として考えることができる」と結論付ける。ならばテキストは、それを裏切ってなんとも皮肉な展開を見せたことになる。

(28)『古今著聞集』巻三「順徳院御位の御時、賭弓の行事を模し主上の御まねなどして戯れ、後鳥羽院の逆鱗に触れたる事」には、鎌倉初期の宮中での物真似遊びの行われたその先蹤として、蕃客来訪の物真似遊びのあったことに触れ、「天慶五年十七日、内裏にて蕃客のたはぶれありけり。大使には、前の中書王の中将にておはしましけるをぞ、なしたてまつられける。その外諸職みなその人を定められけり。主上、村上の聖主の親王にておはしましけるを、その主領にてわたらせ給ひけり」と記す。
(29)越野優子『国冬本源氏物語論』(武蔵野書院、二〇一六)。
(30)注(18)深沢前掲書の第四章「うつろの楼閣、六条院―慶滋保胤『池亭記』の影を、そこに見てとる」を参照のこと。
(31)藍美喜子「紫式部と六条の宮・具平親王―史実と虚構の間」(甲子園短期大学紀要16号、一九九七)は、六条院のモデルとして具平親王の「六条千種殿」を想定する。ただしそれにより『源氏物語』テキストの積極的な読み直しを行っているわけではない。
(32)具平親王の治績については、大曾根章介「具平親王考」(国語と国文学35―12、一九五八)、および神野藤昭夫「《源順伝》断章―文人順の晩年と具平親王及びその周辺の人々」(跡見学園女子大学国文学科報20号、一九九四)などに詳しい。
(33)『今鏡』第九「昔語り」の「唐歌」章。
(34)この件に関しては、川口久雄『大江匡房』(吉川弘文館、一九六八)に詳しい。なお江家に代々伝える膨大な書籍を収めた「千種文庫」は、近衛天皇の仁平三年四月の火災で烏有に帰した。これについては『続古事談』巻二の四十一話、『兵範記』『本朝世紀』『台記』の仁平三年四月条などを参照のこと。

(35)保胤は当該書の項目のいくつかを兼明親王に依頼したが、その死によりかなわなかった。「行基伝」末尾の「追記」にはその経緯を記して、「近日往生の人五、六輩を訪ひ得たり。便ち中書大王に属して、記の中に加へ入れしむ。兼てはまた潤色を待てり。大王辞びずして、響応して筆を下すに、大王夢みらく、この記の中に聖徳太子、行基菩薩を載せ奉るべしとみたり。此の間に大王忽ちに風痾ありて、記し畢ふること能はざりき」とある。

(36)注(30)深沢前掲書を参照。

(37)高橋亨「宇津保物語―はじまりの創造力」(『物語文芸の表現史』名古屋大学出版会、一九八七)、および笹生美貴子「明石入道と〈琴〉と〈夢〉―書かれざる秘史」(『日本文学における琴学史の基礎的研究《論考編》』二〇〇九 所収)は、七絃琴の伝授に俊蔭一族の復興への望みを託す『宇津保物語』の主題を継承したものとして、『源氏物語』における明石一族を位置づける。

(38)「宿木」の引用は、新日本古典文学大系(岩波書店)による。

(39)光源氏の晩年については、益田勝美に「光源氏の退場―「幻」前後」(前掲注(1)『益田勝美の仕事』2所収)の論がある。晩年は書かれないことに意味があるとするその論は、物語の可能性と限界を見る点で示唆に富む。

(40)『紫式部日記』の引用は、新日本古典文学大系（岩波書店）による。

(41)婚儀が整って、「中務の宮、今は心安くなりぬるを、今だにいかで本意遂げなんとおぼしならせ給ふ」と、出家の意志を表明したことが見える。すでに病魔に侵されていたのであろうか、そのわずか一年後に、親王は亡くなっている。だがその子息たちは、御堂流との縁戚関係を梃子に、村上源氏として平安末期の政界に重きをなすこととなった。

(42)『栄華物語』第八「はつはな」にみえる道長の発言。

(43)新山春道「『紫式部日記』の人物関係考—具平親王家の婚姻」（神奈川大学『人文研究』166、二〇〇八・一二）は、親王家にとって不釣り合いな、むしろ道長から無理強いされた、格落ちともいうべき不本意な婚姻であったところこれを理解し、仲介役を求められて困惑する紫式部の複雑な思いをそこに読み取ろうとしているが、むしろ世間から忘れ去られた古宮になぞらえて、「末摘花」や「宇治八宮」の姫君たちの境遇と引き比べるのが至当かと思われる。

日記
文学の方へ

【第二エペイソディオン】

《テキストを読む》

『更級日記』末尾の一節
――〈他者〉のことばで、作品が終わっていいのか？

> 年月は過ぎ変はりゆけど、夢のやうなりしほどを思ひ出づれば、心地も惑どひ、目もかき暗らすやうなれば、そのほどの事はまだ定かにも覚えず、人々はみな他に住み離れて、古里に一人、いみじく心細く哀しくて、眺め明かし侘びて、久しう訪れぬ人に、
>
> 繁りゆく　蓬が露にそぼちつゝ　人に訪はれぬ音をのみぞ泣く
>
> 尼なる人なり。
>
> 世の常の宿の蓬を　思ひ遣れ　背き果てたる庭の草むら

これは、『更級日記』の末尾の一節である。「尼なる人」の歌があって、それで唐突に終わっている。

先に、原郷回帰のモノガタリとして『更級日記』を論じた際（『日記文学研究・第一集』所収「『更級日記』における〈ミヤコ〉と〈ヒナ〉」一九九三・五）、テキストの綴目に〈他者〉の言葉をもってくるこの変則的（?）な形態につき当たって、いささか苦慮した覚えがある。先の論考では、あくまでも叙述内容の〈読み〉に徹して叙述レベルの問題にまでは手がまわらず、留保せざるをえなかったが、この「尼なる人」の歌でテキストが終わっていることに関しては、代表的な注釈書でも評価が分かれているようなので、それについて以下に考えてみたい。

まずは日本古典文学全集（小学館）の解説で、犬養廉は次のように書いている。

> この終末は、「あづま路の道のはてよりも」と、みずみずしく書き起こされた自叙の結末としては、いかにもふさわしくない。終末部はきわめて家集的なものであり、随時、どのようにでも書き継いでゆけよう。（中略）最晩年の歳月の中で、折々の詠草を書き添えていったものであろう。ことに最末尾が、尼の詠で終わっているのは、一編の擱筆というより、右の状況の中での作者自身の老病による中断と見ておくのが自然と思うのである。

犬養は、「天喜三年十月十三日の夜の夢に」と日付を明示して記された阿弥陀仏の記事、もしくはそれに続いて「姥捨て」の歌が詠まれた辺りで『更級日記』の実質的内容は終わっており、以下は蛇足だというのである。確かに『蜻蛉日記』の下巻などでも、その末尾は私家集的な贈答歌の羅列で終わっていて、当初の「主題」の拡散・消滅という現象が見られた。

だが、正確にいうと、現行の『更級日記』のテキストは「尼なる人」の歌で終わっていない。そのあとにまだ叙述は続いていて、「ひたちのかみすがはらのたかすゑのむすめの日記也云々」の「書写奥書」がある。この「奥書」に準じて末尾の一節をも、犬養はいっそのこと、『更級日記』の本文から排除すべきだったのだ。

テキストの恣意的な改変につながる、そうした荒療治を好まない秋山虔は、日本古典文学集成（新潮）の解説で次のように述べている。

> じつはこのあとに（阿弥陀仏の夢の記述を言う──引用者注）暗澹たる心中を吐露する歌群と、それらの詠出される境遇が語られているのである。この、現実には拠り所のない孤独なればこそ、夢にあらわれた阿弥陀仏によりすがる他なかったともいえようが、さればとてこれらの歌に託された絶望的な心境に、西方浄土への架橋がそう容易にありえたとも思われない。（中略）敢えて作者の救済について言うならば、この夢について言及しつつも、な

お絶望的な前途に淪んでいかねばならない自己の人生を、それの由来するところをも透視して、統一的な構図に領取する営為、すなわち『更級日記』の著述という主体的行為そのものに、それが見いだされるといえよう。が、こうした行為の果てに救済がもたらされるはずもないのは、それが一般に文学というものの業なのであろう。（傍点引用者）

いささか引用が長くなったが、幾重にも屈曲する特異な文章（悪文？）だから仕方がない。その難解な行文を敢えて要約すれば、書く「作者」と、書かれた「私」との往復運動を読みとらなければ、作品を読んだことにはならないということだろう。つまり秋山は、〈書く＝掻く〉という物理的な行為に付随して同時併行的に生起するであろう主体の分裂と、その分裂した「書く主体」と「書かれる対象」との互いに他者性を帯びた双方の絶えざる〈対話・交通〉という視点を新たに導入することで、「年月は過ぎ変はりゆけど」以下の末尾の一節を、作品解釈の根幹に据え直そうとしたのである。

だが、秋山のいう「作者＝書く主体」は、筆者の自筆原稿が残っていない以上、あくまでもテキストの読みの中からせりだしてくる〈幻影〉なのであって、歴史的実態としてのそれとはレベルを異にしている。なのに、そうしたレベルの違いは度外視され、一律に論じられてしまうため、論理の上での遠近法（パースペクティブ）が失われておのずと難解な行文になってしまうのだ。テキストのことばが、どのレベルから発せられたものかという位相の違いは、しっかりと押さえておく必要がある。ただし、そのレベルの違いは漸層的であって、作品の「内部」と「外部」との境目に、唯一特権的な形で存在しているわけではない。そこのところを見誤るとき、問題は振り出しに戻る。

新日本古典文学大系（岩波）の解説で、吉岡曠は次のように述べている。

> 日記の執筆を前提にするのでなければ、この「おぼえず」や「書かれず」は解釈のしようがないのではあるまいか。私にはこの一段は作者の擱筆のことばと読めるし、そう読まないと、この一段の意味は理解しがたいように思う。（中略）「尼なる人」の歌の「世のつねのやどの蓬を」は、下句との対照で、孝標女がまだ出家していないことを暗示していよう。夫との死別後の作者を考える上での重要なヒントをさりげなく提示しつつ、日記の筆は擱（お）かれたことになる。（傍点引用者）

秋山と同様に吉岡もまた、「書く」という行為を重視する。ただし、その捉え方は多分に実態論的である。「書く」という言葉は本文中に見えない。だがそれは、「目もかき暗らすやうなれば（書かれず—欠）、そのほどの事はまたさだかにも覚えず」というように、行文の中に対(つい)の関係として隠され、暗示され、省略されているという。そして、犬養が蛇足として切り捨てた末尾の一節を、作品執筆の実態的な時間経過（吉岡は、夫の一周忌を契機に起筆され、翌年の初夏のころに擱筆されたと推定している）とだぶらせて読むことで、再度拾い上げようとする。

「作者の擱筆のことば」ということであれば、それは「跋文」である。「書写奥書」とまではいかないまでも、『更級日記』の本文とはそのレベルを異にして、明確に区分されてしかるべきであろう。意味付けの違いはあるものの、方法的立場としては犬養の延長線上でしかない。

作品の「終わり」とはどういうことか、改めて考えてみよう。「終わり」は同時に「始まり」でもある。そのとき、意味を担ったことばの集積としての作品世界は「終わり」、書物(エクリチュール)としての物質的な意味が新たに「始まる」。だが、そのレベルの変化はあまりにも急激なため、人々を困惑させずにはいない。違和感が付きまとってなかなか作品世界に没入できなかったり、一方で、いつまでも余韻を引きずって、あらずもがなの続編を求めたりするのはそのためだ。要するに、幻想領域としての作品世界と、単なる物質としての書物との間に横たわるギャップを埋めて、いかにして両者をなめらかに〈交通〉させ、〈飛躍〉させるかが、文学テキストの可否を決定する重要な鍵なのだ。

その際によく用いられる方法が、「枠物語」と「メタ物語」である。「枠物語」は、幻想領域としての作品世界と物質としての書物との間に、作者（というよりは話者）の身辺に関する叙述を媒介項として挿入することで、両者のなめらかな〈飛躍〉（こうした言い方自体語義矛盾だが）を達成しようとする方法で、ドラマの最後でレギュラーを勤める主要登場人物たちが集まり、なごやかに歓談しながら出来事の振り返りを行う場面などがこれに当たる。一方「メタ物語」は、作品世界を一旦対象化し、それについての作者（というよりは筆者）のコメントをあれこれ記述することで、物質としての書物へと橋渡しする方法である（詳細については、G・プリンス『物語論辞典』参照のこと）。このようなテキスト論的観点からすると、『更級日記』の末尾には、どのような方法が駆使されているだろうか。

日記文学は、過去回想という形で展開するテキストである。『更級日記』もその例外ではない。したがって、過去回想から目覚めた話者が今現在の自己のありようについて語り始めたとき、それは「枠物語」として機能するだろう。さらには、そうした自己の過去回想という行為について、筆者の立場であれこれ反省を交えながら言及するとき、それは「メタ物語」となる。詳細については省くが、『更級日記』の末尾の一節が、そうした「枠物語」もしくは「メタ物語」の機能を果たしていることは明らかだ。加えて「尼なる人」というさらなる〈他者〉が最後に登場してきて、今までの記述内容を全否定（！）して終わる。それは、『土佐日記』末尾の「とまれこうまれ、疾く破りてむ」というあの記述を、多分に想起させる。

他者性を帯びて唐突に呼び出されてきたこの「尼なる人」は、おそらく筆者の分身であろう。と同時に、それはまた読者（唯一の伝本である「御物本」を書写した藤原定家もその一人に数えられるところの）の分身でもあり、作品の時空のウチとソトとをつなぎ合わせる蝶番の役割を果たしている。その〈他者〉のことばを媒介にして、筆者と読者とが共犯関係を取り結び、互いの幻想を共同化する、その束の間の一瞬を経て、テキストはとりあえず締めくくられる。心憎いまでの仕掛である。かくして読者は、心やすんじて冊子を閉じることができる。

それでも納得しない頭の切り替えの遅い読者には、「常陸守菅原孝標の女（むすめ）の日記なり。母倫寧朝臣の女（むすめ）、傅（ふ）の殿の母上の姪なり。夜半の寝覚、御津の浜松、みづからくゆる、あさくらなどは、この日記の人の作られたるとぞ」と続く定家の「書写奥書」が、物質としての書物（エクリチュール）へと橋渡しする媒介項としてちゃんと用意されている。読者は、屋上屋を架す形で（余分に？）付加されたその「メタ物語」に導かれ、実態的な筆者の存在を想起させる歴史的コンテキストとしてのより大きな「枠物語」の中に『更級日記』のテキストを位置付けて、さらには続編としての『夜半の寝覚』や『浜松中納言物語』へとその関心を振り向けていくだろう。だが、それでも納得しない偏執狂気味の読者はどうすればよいのか。そんな読者は「研究者」にでもなって、自らの「メタ物語」を紡ぎだしていくしかあるまい。

末尾を扱ったのだから、それと対応関係にある「あづま路の道のはてよりも猶奥つかた」の冒頭表現についても、最後に付言しておく。この冒頭の語り出しは、すこしも唐突でない。誰もが知っている『伊勢物語』のテキストを仲立ちとすることで、幻想領域としての作品世界へと読者を引き込む巧妙な仕掛が施されているからである。

諸注とも、『更級日記』の作者が少女期を過ごしたのは上総の国で、あづま路よりも奥とは言えないと、その地理上の「矛盾」を指摘し、解決策をあれこれ模索している。だがこの冒頭表現は、『伊勢物語』第九段の「あづま下り」を始めとする武蔵国関係の幾つかの章段を踏まえたものであって、そこにはなんらの「矛盾」もありはない。従って「あづま路の道のはて」とは、業平がたどり着いた辺境としての武蔵、わけても「いざ言問はん都鳥云々」の歌が詠まれた国境としての「隅田川」のことに他ならない。

もっともその辺りの空間把握は、はなはだあいまいで、『更級日記』の本文では、「ふとゐ川（現在の江戸川）」を下総・武蔵の境とし、「あすだ川（現在の隅田川）」を武蔵・相模の国境とするような地理上の混乱が見られはするが、いずれにしても、上総の国がそれよりも「奥」にあることは間違いない。そしてこのことと、「あづま路の道のはてなる常陸帯云々」(古今和歌六帖・紀友則)の引き歌表現を踏まえることで、「常陸」に生い育った浮舟と自己の生涯とを重ね合わせにイメージさせる仕掛とは、少しも抵触しない。以下に続く「上洛の記」は、だから、『伊勢物語』の「あづま下り」を逆になぞり返す、反転されたテキストなのである。

この冒頭しょっぱなからの『伊勢物語』の引用については、すでに指摘があるかもしれない。しかし、まだあまり一般化されていないようなので贅言した。了とされたい。

【第ニスタシモン】

狂言綺語へのあらがい

――『更級日記』から『源氏一品経表白』をへて『無名草子』へ

局に、物語の本ども採りにやりて隠しおきたるを、御前にある程に、やをらおはしまいて、あさらせたまひて、みな内侍の督（妍子）の殿にたてまつり給ひてけり。よろしく書きかへたりしはみなひき失ひて、心もとなき名をとり侍りけんかし。

（『紫式部日記』寛弘五年十一月条）

「西洋哲学の歴史はプラトンへの膨大な注釈にすぎない」と豪語したホワイトヘッドに倣って、「国文学研究の歴史は源氏物語への膨大な注釈にすぎない」といってみたくなる。(1) ことほどさように、こんにち、『源氏物語』の注釈研究は活況を呈している。とはいえ、十把ひとからげに「すぎない」といってしまうのも乱暴なはなしで、たとえば李退渓に代表される「朝鮮朱子学」が移入されて以後の日本の近世政治社会思想史は、単なる朱熹『四書集注』のさらなる〈注釈〉ではすませられない。正統を標榜する「闇斎学」に抗して異端の学として「仁斎学」や「徂徠学」が派生し、さらにその鬼っ子として「国学」や「水戸学」が形作られてくるダイナミックな展開過程に着目するとき、注釈行為に秘められたその旺盛な創造力には瞠目させられる。(2)

〈注釈〉の効能は、その豊饒な〈知〉の生産だけにとどまらない。対象として選びとられたテキストのカノン（正典）形成にもおおきく寄与する。〈注釈〉という行為をとおして、『源氏物語』はいちはやく参照規準となるべきテキストとして正典化された。聖書研究や仏典研究がそうであるように、カノンとなって以後の『源氏物語』のテキストからは、無限の価値や、多様な意味が引き出されてくる。それらは人々に共有され、文化的、社会的な統合原理の役割をはたす。無から有を生みだすように、本来無価値な（それどころかマイナス価値の！）ものから共通の価値規範を作り出すこの〈錬金術〉に、注釈行為の政治性があらわれる（38頁「ウロボロス図」参照）。だからであろう、〈注釈〉を行う者は、対象テキストをカノンとして正典化したうえで、それを特権的に私物化し、占有しようと努める。『源氏物語』を題材に三田村雅子が詳細に跡づけたように、〈注釈〉の行われる場では、その正統な後継者の地位をめぐっての、

テキストの熾烈な争奪戦が、たえず闘われている。(3)

本稿では『源氏物語』のカノン形成を、〈注釈〉という行為の原点にさかのぼって考える。ためにその範囲をできるだけ広く採り、『源氏物語』への言及があれば、これをすべて〈注釈〉と理解する。(4)たとえば高橋亨は近著において「草子」の語に注目し、次のようにいっている。(5)

> 「草子」(冊子、草紙、双紙、造紙)は、本来は書物の形態をさすが、かな書きによる批評文芸的な系譜を形成している。(中略)「作り物語」という虚構のジャンルが〈女〉文化圏で成立し、それが前章でみたように〈男〉文化に取り込まれて『源氏物語』や源氏絵が権威化されつつある時代に、本来の「ものがたり」がもっていた、私的で自由な自己表現にささやかな批評精神をこめる伝統を継承するものであった。

「草子」の語にこだわらなければ、『更級日記』の個人的な享受姿勢も、高橋の言う「かな書きによる批評文芸的な系譜」のうちに含めてよい。『源氏一品経表白』や『今鏡』にみえる紫式部堕地獄説話もまた、〈注釈〉の一形態にほかならない。そこでは必ずしも、高橋が言うように〈女〉から〈男〉への一方向的な主導権の移動があったわけではない。〈女〉と〈男〉とが互いに共犯関係をとり結ぶことで、『源氏物語』はいちはやきカノン形成（すなわち担い手としての〈女〉のジェンダーから、文化としての〈女〉のジェンダーへの機能変化）を遂げたのである。

一　「自分だけの物語」を求めて――『更級日記』の場合

テキストを所持し私物化しようとするあからさまな欲望が、『更級日記』では臆面もなく語られる。三田村雅子がいうように「自分の本」を所有すること、「自分だけの物語」を手にすることが、そこでは激しく求められている[6]。

まずは父親の赴任先の上総の地で、「京にとくあげ給ひて、物語の多く候なる、あるかぎり見せ給へ」と不在の物語への欲望をめばえさせる。上洛してのちは、「源氏の五十余巻、櫃に入りながら、ざい中将、とほぎみ、せり河、しらら、あさうづなどいう物語ども、ひと袋とり入れて、得てかへる心地のうれしさ」が、無邪気に語られる。

物語に対する所有の欲望は、単に「自分の本」を所持するだけにおわらない。物語に対する独自の読みを展開することで、「自分だけの物語」を手にすることがめざされる。そこにこそ〈注釈〉の行為遂行的（パフォーマティブ）な機能が見てとれる。

「われはこのごろわろきぞかし、さかりにならば、かたちもかぎりなくよく、髪もいみじくながくなりなむ、光の源氏の夕顔、宇治の大将の浮舟の女君のやうにこそあらめ」とあるように、作中人物と自己とを重ね合わせ、その作中人物に限りなく感情移入し同化一体化する読みが、『更級日記』では陳述的（コンスタティブ）な内容として示される。「光の源氏の夕顔」にしろ「宇治の大将の浮舟」にしろ、どちらも傍系に位置する登場人物で、必ずしも物語世界の中心にはない。傍系でしかないそうした作中人物に自己仮託し、同化一体化しようとする『更級日記』の読みは、だからどうしても個人的で恣意的な読みの限界をかかえもっている。

『更級日記』とおなじように、浮舟に焦点化し、それとの対話応答を試みる読みが、『源氏物語』の注釈研究においても盛んである。だがそれは、神田龍身も言うようにあまりに偏った読みというものだ[7]。宇治十帖の世界における中心人物は、なんといっても薫をおいて他にない。浮舟はその数あるお相手（しかも宇治大君の形代＝代替品としてのそれ）の一人にすぎない。浮舟は、薫を「地」として浮かび上がる「図」の位置づけとして有徴化（マーキング）された存在でしかなく、そのことは『源氏物語』の最後、「夢浮橋」巻における薫の次の歌に、端的な形で示される。

法の師と　尋ぬる道をしるべにて　思はぬ山に　ふみまよふかな

この歌は、小野の里にこもる浮舟にあてた手紙の文面のなかで、薫が思いあまって書きつけたもので、つまりは浮舟の向けて言われたのではない。それは行方知れずの浮舟の消息を、横川の僧都に問いただした、そのいきさつを述べただけにとどまらない。かつて薫は、宇治八宮との出会いの中で「心はづかしげなる法の友」(橋姫)と期待され、互いに信仰をはげまし合う関係を取り結んだ。ならばこの歌は、「橋姫」巻にはじまる宇治十帖の世界で、薫がさまざまに体験したであろう不如意な出来事のあれこれを回顧し総括する独詠歌でもある。

浮舟についての挿話を語り終えた物語は、独詠歌という形でのメッセージを読者に向け発することで再び中心主題へと回帰して、いまようやく終息へ向け準備をはじめた(8)。

にもかかわらず『更級日記』では、同じ東国(常陸と上総)出身の浮舟への感情移入がはなはだしい。「あづま路の道のはてよりなほ奥つかたに生ひいでたる人、いかばかりかあやしかりけむ」とあるその書き出しからして、「手習」巻での浮舟の述懐、「昔も、あやしかる身にて(中略)いささか、をかしき様ならずも生ひいでけるかな」の文言を踏まえたそのもどきであり、すでにして浮舟が特権化されていた。テキストの末尾に至っては、それがついに、浮舟との直接対話(ダイアローグ)にまで行き着く。

しかしそれでよい。というのも、「法華経五の巻を、とくならへ」といった夢のさとしへの強迫や、「昔より、よしなき物語、歌のことをのみ心に占めで、よるひる思ひて行ひをせましかば、いとかかる夢の世をば見ずもやあらまし」と後悔のぼぞをかむ、狂言綺語への負い目からする自己批判の文脈との折り合いをつけるためにも、出家を遂げた浮舟との自己同一化は、必須であったと思われるから。

書名の由来ともなった「月もいでで闇にくれたる姨捨になにとて今宵尋ねきつらむ」の歌が詠まれてのち、『更級日記』の末尾には四首の歌が書きつらねられている。

「ねむごろに語らふ人の、かうてのち訪れぬに」と説明書きされる最初の歌は、「いまは世にあらじものとや思ふらむあはれ泣く泣く猶こそは経れ」というもの。この歌は、『源氏物語』の「手習」巻で強引に出家を遂げたのち、浮舟が詠んだ歌「亡きものに身をも人をも思ひつつ捨ててし世をぞさらに捨てつる」をたぶんに意識し、それへの応答を意図して詠まれている。

「十月ばかり、月のいみじうあかきを、泣く泣くながめて」との説明書きのもと詠まれた二番目の歌「ひまもなき涙にくもる心にもあかしと見ゆる月のかげかな」は、かぐや姫のイメージを伴いつつ、書名の由来ともなった「月もいでで闇にくれたる姨捨に」の歌と、月の光の、「ある」と「なし」とで対比され、皓々と耀く月の光に、救済へのほのかな予兆が示される。[9]

そして最後に次のような一対の贈答歌が位置してテキストは締めくくられる。

ふるさとにひとり、いみじう心ぼそくかなしくて、ながめあかしわびて、久しう訪れぬ人に、

しげりゆく　蓬が露にそぼちつつ　人にとはれぬ　音をのみぞ泣く

尼なる人なり。

世の常の　宿の蓬を　思ひやれ　そむきはてたる　庭の草むら

このあまりに唐突な終わりかたに違和感を覚え、かつて「〈他者〉のことばで、作品がおわっていいのか?」という一文を草したところ、思わぬ反響があった。[10] これは贈答歌ではなく、最後の歌も同じ作者孝標女の詠であって、「そむきはてたる庭の草むら（＝仏道修行に専念する）」の境遇にある「尼なる人」へ向け、「世の常の宿の蓬（＝いまだ俗世に留まる）」の立場にある作者が、自らの境遇を「思ひやれ」と訴えかけた歌だとの異論が寄せられた。[11] しかし、それではまるで子どもが駄々をこねているようで、なんとも稚拙な内容の歌（もっとも『更級日記』所収歌はどれもあまり出来がよくないのだが）となってしまう。

どうにも腑に落ちない。同一作者だとしたら、和歌的修辞として「蓬が露」と「宿の蓬」の言葉の重複（それは歌病として避けるべきである）が説明できない。ここはやはり通説どおり、「世の常の宿の蓬を」の「を」を、詠嘆の間投助詞と採り、これを「尼なる人」の詠として、おのれの甘えを、〈他者〉の視点に立ってきびしく叱責する歌と理解すべきであろう。

その根拠はなにか。やはり「手習」巻にみえる浮舟の歌、「心こそうき世の岸をはなるれど行方も知らぬあまのうき木を」に、おなじく間投助詞「を」の特殊な用例のあることをまず挙げておきたい(12)。加えて、出家した際の浮舟の歌「かぎりぞと思ひなりにし世の中を返す返すもそむきぬるかな」にみえる、「世の中」に対しては「世の常」の、「そむきぬるかな」に対しては「そむきはてたる」の語句の対応が、最後の「尼なる人」の歌には見てとれる。

以上を要するに『更級日記』では、作中で「ねんごろに語らふ人」とか「久しう訪れぬ人」とか「尼なる人」として指示される人物に、「手習」巻での浮舟が想起されており、虚構と現実との次元のちがいをこえて、テキストのなかで虚構人物としての浮舟と直接に対話応答する仮想空間がつくりだされているということ、これである(13)。

「病、膏肓（こうこう）に入る」とはまさにこのことか。とはいえここまで徹底して作中人物と自己との重ね合わせが行われるなら、狂言綺語への強迫を乗りこえて、「自分だけの物語」を手にしたひとつの実践例として、これを積極的に評価すべきなのだ。

二　フェイクとしての紫式部堕地獄説話――『源氏一品経表白』の場合

源氏物語を書いたことで紫式部は「不妄語戒」を犯し、地獄に堕ちて苦しんでいるなどと愚にもつかない世迷言を、いったい誰が、なんのために言いだしたのか。その確たる証拠は、『源氏一品経表白』にも『今鏡』にも記されていない。ただそうした風聞への対抗として、それらを否定するためにこそ、むしろこれらのテキストは書かれた。

もしかして紫式部堕地獄説などはじめから存在しておらず、否定の否定がふたたび肯定へと転ずるように、カノンとしての『源氏物語』をあらためて占有し、私物化して、その所有権を特権的に確保するため、それこそ『源氏一品経表白』のテキスト実践を通して、事後的に騙(かた)らわれ、捏造された、これは擬装の言説ではなかったか。

紫式部堕地獄説の存在を裏付ける確実な資料として、現在三つの和歌が残されている。「源氏のものがたりをあさ夕見はべりしころ、紫式部を夢に見はべりて、かの菩提のために、法華経供養せさせなどして、講おこなひはべりしとき」と詞書きされた、実材卿母の歌「のりならぬことやはあると紫の深き心をたづねてぞとふ」(『実材母集』141)がまず一つ目。ついで「母の紫式部が料に一品経せられしに、陀羅尼品とりて」と詞書きされた藤原隆信の歌「夢のうちも守る誓（ちかひ）のしるしあらば長き眠りをさませとぞ思ふ」（『隆信集』953）、および「紫式部ためとて結縁供養し侍りけるところに、薬草喩品をおくり侍るとて」と詞書きされた藤原宗家の歌「法の雨に我もやぬれむむつましきわかむらさきの草のゆかりに」（『新勅撰和歌集』602）の以上三点の和歌である。

これらの和歌が詠まれた背景には、主に女性読者によって構成された『源氏物語』享受圏において、くりかえし催された「源氏供養」の営みがある。その初例として、どうやら『源氏一品経表白』のテキストが位置していた。

年次は特定できないものの、永万二年（一一六八）から安元二年（一一七六）にかけ、説法の名手安居院（あぐゐ）澄憲を導師に招いて盛大な法会が催された。そのときの趣旨文が『源氏一品経表白』として今に残されている。その記述によれば、「愛語を翻して種智となす」べく、「信心大施主禅定比丘尼[14]」の意向で法華経二十八品が書写され、その巻々の端には『源氏物語』の各場面が描かれた。というのも、次のような事情があったからだ。

紫式部の亡霊、昔、人の夢に託して罪根の重きことを告ぐ。

以後にさまざまな形で展開する紫式部堕地獄説の原点に位置する、これが最初の記述である。すべてがここから始まった。だが、はやくに『和漢朗詠集』に採られて人口に膾炙した、白楽天の詩句を典拠とする狂言綺語観については、すでに『源氏物語』「蛍」巻の物語論に、「菩提と煩悩の隔たり」を否定し乗り越える文脈としてみえており、『源氏一品経表白』にいう紫式部堕地獄説は、これへの〈注釈〉としてもとらえられる。

仏のいとうるはしき心にて説きおき給へる御法(みのり)も方便といふことありて、悟りなき者は、ここかしこ違ふ疑ひをおきつべきなん、方等経の中に多かれど、言ひもてゆけば一つ旨にありて、菩提と煩悩との隔たりなむ、この、人のよきあしきばかりのことは変はりける。

「蛍」巻の物語論における光源氏の饒舌は、言葉の陳述(コンスタティブ)的な機能と行為遂行(パフォーマティブ)的な機能とにズレがあり、そのズレをごまかすための騙しのレトリックであった。物語はすべて「まことのこと」だとするその陳述内容とはうらはらに、遂行的機能としては、玉鬘の気を引き、これを口説き落とす一点にしぼられる。だからであろう、その下心をみすかして「蛍」巻の語り手は、

「物語をいとわざとのことにのたまひなしつ」と、非難がましい草子地を、その末尾に書きつけずにはいなかった。以前にジョン・サールの所説を踏まえて論じたことだが、物語のような虚構テキストの遂行的機能は、陳述内容をそのままに、読者をして、あたかもそれを「まことのこと」のごとく受け入れさせることにある。[15] その遂行的機能を逸脱して、光源氏のように口説きの「方便」としてこれを用いるなど、もってのほかだ。

だがそれはともかくとして、問題とすべきはだから、テキストのなかでなにが言われたかではない。それを言うことでなにをなそうとしたかである。

では『源氏一品経表白』は、なにをなそうとしたのか。「人の夢」にかこつけて紫式部堕地獄説を捏造し、それを口実に大規模な法会を催し、それへの結縁供養を広く関係者に呼び掛け、さらにはそのいきさつを説法の名手とうたわれた澄憲に起草させて、これを末永くテキストとして後世に残すこと。そうすることであらためて『源氏物語』の領有権を主張し、これを我有化して、法会を主催した女たちが、みずからを特権的な読者の地位に押し上げること、これである。

三 〈女〉文化の創出――『無名草子』の場合

先にみた『更級日記』の唯一の原本は、藤原定家の書写による。浮舟との対話応答に特化したそのテキストを、藤原定家はどのように読んだか。母の美福門院加賀が音頭をとって催したとされる『源氏一品経表白』についても、関連の和歌を残念ながら定家は残していない。

しかし「自分だけの物語」を手にしようと熾烈な争奪戦を演ずる女たちの、その病的なまでの思い入れを、和歌創作現場の「題詠」の手法に応用したとき、物語の世界に没入し、その作中人物に自己を同化一体化させて歌を詠む、いわゆる「物語取り」の手法が編み出される。建久四年（一一九三）の『六百番歌合』における九条良経の、「見し秋を何に残さむ草の原ひとつに変わる野辺の景色に」[16]（冬上・十三番枯野）の歌を弁護する文脈のなかで、判者の藤原俊成が述べた有名な言葉「源氏見ざる歌詠みは遺恨のことなり」は、「自分の本」として源氏物語を所有し、「自分だけの物語」を手にするその特権的な地位を、以後、女たちに代わって九条家文化圏につどう、俊成、定家、隆信、良経、慈円などの男たちが、青表紙本『源氏物語』の定本化というその営みをも含めて、積極的に担っていく端的な指標でもあった[17]。

建久七年（一一九六）の実年号表記（それは九条兼実の失脚した「建久七年の政変」を含意している）があることから、九条家文化圏に属する人物によって書かれたことが明らかな『無名草子』は、『源氏物語』を含め、その周辺領域までもひろく視野におさめて、すこしも偏ることがない。しかも、「この源氏作り出でたることこそ、思へど思へど、この世ひとつならずめづらかにおぼゆれ。まことに、仏に申し請ひたりける験にやとこそおぼゆれ」とあるように、狂言綺語への強迫は、はやばやとこれをのりこえてしまっている。ましてやそれが、「源氏供養」の〈場〉のもどきだったとしたらなおさらだ。『更級日記』とは大違いである。

テキストの過半を占めて『源氏物語』への言及はなされる。だが、そこであつかわれるのはもっぱら正編の世界に限られ、宇治十帖への言及はごくわずかで、これも『更級日記』とは大違いだ。

まずは「巻ごとの論」があり、ついで「作中人物論」があり、さらに「場面論」が展開する。しかも各々の論ごとに幾つもの下位分類（たとえば「作中人物論」では「めでたき女」「好もしき人」「いみじき女」「いとほしき人」などというように）がなされており、それこそ『源氏物語』のテキストを総体として目録化し、これをまんべんなく視野に収めとろうとする貪欲なまでの〈知〉への欲望は、一驚にあたいする。登場人物個々に対する個人的嗜好に偏ることのない、そのバランス感覚のよさには、瞠目させられる。これはどう見ても、一個人の視点から書かれた単独のテキストとは思われない。背後に何らかの組織的な動きのあったことを感じさせる。その点でも『更級日記』とは大違いだ。

その語り口も『更級日記』とは違っている。『無名草子』では複数の語り手が互いに物語についての感想を述べあう対話形式をとる。[18] 『更級日記』のように「自分の本」を所有し、孤独な読書（＝黙読）を通して「自分だけの物語」を手にしようとするのではもはやない。「物語音読論」よろしく、『源氏物語』のテキストをみなで共有し、そこから得た〈知〉を共通の文化資産とすることで、自分たちの党派的結束がはかられる。いうまでもなくそこでの〈知〉の共有範囲は、あくまでも九条家関係の人々に限られてはいたのだが。

古代から中世へかけて、人々の社会的なつながりに大きな変化が生じた。藤原道長や頼通などの王朝期の「摂関家」が、同時に「氏長者」として一族を統率する権限を有していたのとちがい、兼実を祖とあおぐ九条家は、単独の中世的な「家」として、あらたに立ちあらわれてくる。氏族制の解体とともに、一方で家格の固定化が進行し、「摂関家」でいえば「摂関」の地位を互いに争う複数の「家」が並立、乱立する。そうした「家」として同格の立場にありながら、ライバル近衛家との対抗のなかで、九条家は常に劣勢に立たされていた。[19]

九条家の弱みは、先祖伝来の文書（たとえば『御堂関白記』の原本など）をすべて近衛家に独占され、それゆえに「摂関家」としてのしかるべき正統な文化継承者の地位になかったことだ。[20] その劣勢を挽回すべく、兼実をはじめとして、その弟の慈円や、息子の良経、さらには良経に家司として仕えた藤原定家らにより、この時期、旺盛な文化活動が展開された。[21] 中でもその過激で奇矯な詠歌活動は人々の反発をまねき、ときに「新儀非拠の達磨歌」と非難されることもあった。しかしやがて九条家人脈が王朝和歌の世界をリードするようになる。その転機となった画期的出来事が、良経主催による建久四年(一一九三)の『六百番歌合』であったのだ。

家の浮沈を賭けた九条家の、こうした政治がらみの積極的な文化活動を背景に『無名草子』は成立してくる。そこでめざされたのは、「自分たちの本」を所持し、「自分たちだけの物語」を手にすることであった。『無名草子』のテキスト実践を通して、ジェンダーとしての〈女〉文化を立ち上げ、『源氏物語』のテキストを特権的に所持し、我有化して、そのうえで「源氏見ざる歌詠みは遺恨のことなり」とたたみかけ、相手党派(=近衛家や六条藤家)をギャフンと言わせる。なんともしたたかで、老獪な、文化戦略ではあるまいか。

狂言綺語への負い目を克服して、ささやかなかたちで「自分の本」を、そして「自分だけの物語」を手にしようと書かれた『更級日記』の個人的享受からは、ずいぶんと遠くまできてしまった。とはいえ、これらさまざまな注釈行為の延長線上に、今もって盛んな『源氏物語』の注釈研究も位置することを、自覚しておきたい。

かくもいちじるしき、欲望のせめぎあい——。

注

(1)アルフレッド・ノース・ホワイトヘッド『過程と実在』(一九二九)。
(2)渡辺浩『日本政治思想史—十七〜十九世紀』(東京大学出版、二〇一〇)。
(3)三田村雅子『記憶の中の源氏物語』(新潮社、二〇〇八)。
(4)『無名草子—注釈と資料』(和泉書院、二〇〇四)は源氏物語に言及した注釈の原点に位置する資料を集めて簡便である。なお源氏物語への注釈の可能性について、平成二十一年度中古文学会春季大会においてシンポジウム「源氏物語の絵と注釈」(その報告は『中古文学』84号、二〇〇九・一二に掲載)が催され、また平成二十年度全国大学国語国文学会冬季シンポジウムの報告として今井上「『源氏物語』の注釈的課題と和歌—「源氏物語研究の現状と展望」によせて」(『文学・語学』193、二〇〇九・三)がある。
(5)高橋亨『源氏物語の詩学—かな物語の生成と心的遠近法』(名大出版会、二〇〇七)602頁。
(6)注(3)三田村前掲書。
(7)神田龍身『偽装の言説—平安朝のエクリチュール』(森話社、二〇〇〇)。
(8)注(5)高橋前掲書。
(9)この前後の「月」の記述は「手習」巻での浮舟の歌「われかくて憂き世の中にめぐるともたれ

かは知らむ月の都に」に触発されてなったものと思われる。神田龍身「『源氏物語』の終わり方―浮舟＝落下したかぐや姫」（久保朝孝編『危機下の中古文学』所収、武蔵野書院、二〇二一）は昇天できなかった「かぐや姫」として浮舟をとらえた上で、パロールとエクリチュールのはざまでのその宙づり状態に、出口なしのテキストの行き詰まりを見てとる。だとするなら、孝標女≠浮舟≠かぐや姫の等式／不等式が成り立とう。

(10)本書所収の「『更級日記』末尾の一節―〈他者〉のことばで、作品が終わっていいのか？」。

(11)佐藤和喜「更科日記最終歌は〈作者〉の歌か」（『日本文学』一九九三・一二）。

(12)『岩波古語辞典』は、間投助詞「を」について「承諾・承知の意の返辞「唯々（をを）」の「を」と同源」とする。

(13)「ねんごろに語らふ人」や「久しう訪れぬ人」に関するこの前後の文脈は、宮中への出仕によって旧友との関係が気まずくなった『紫式部日記』の里居のつれづれの記述と近似する。

(14)法会の施主は、美福門院加賀とされるが、「平家納経」に匹敵する規模からして、加賀が仕えた八条院暲子内親王（鳥羽天皇第三皇女）を主催者（パトロン）とするのが穏当であろう。

(15)深沢徹「「政治」のことば」（糸井通浩・神尾暢子編『王朝物語のしぐさとことば』清文堂、二〇〇八）。

(16)「草の原」は「墓所」の意で、『源氏物語』の「花宴」巻で朧月夜が詠んだ歌のなかに見える特殊語句。

(17)深沢徹『自己言及テキストの系譜学』（森話社、二〇〇二）第三章「囲い込まれ、横領される〈女〉の言説―『無名草子』のトポロジー」。

(18)森正人「巡の物語の場と物語本文」（『日本文学』一九九二・六）。

(19)深沢徹『『愚管抄』の〈ウソ〉〈マコト〉』（森話社、二〇〇六）第一章「偽書の青春―九条家に見る草創期の「家」の文化戦略」。

(20)松薗斉『日記の家―中世国家の記録組織』（吉川弘文館、一九九七）。

(21)藤原定家筆『松浦宮物語』は、九条家と骨がらみで成立した実験的テキスト。詳細については深沢『自己言及テキストの系譜学』（森話社、二〇〇二）第3章「夭折の貴公子へのレクイエム―モデル小説としての『松浦宮物語』」を参照のこと。

歴
史
物語の方へ

【第三エペイソディオン】

慈円『愚管抄』解題

その文章は晦渋を極め、みやびな修辞のあともまったく見られず、一種の悪文でさえある。それゆえ、口述筆記という形で誰かに書き写させたのではないかとも疑われる。はたしてそうか。私見では、その語り口の、息せき切ったせわしなさは、今まさに、めまぐるしく展開しつつある歴史のただなかで、その当事者の立場から書かれた歴史叙述であったからと思われる。

一　「家」の利害

『愚管抄』は、九条家の「家」の利害と骨がらみのテキストであり、その叙述には大きな偏りがある。卑俗な言い方をすれば、著者慈円の出身母体である九条家は「善玉」で、それと協調関係にあった鎌倉の武家政権に対しては、おおむね好意的な記事が並ぶ。一方、ライバルの近衛家と、それを背後で支えた後白河法皇はもっぱら「悪玉」あつかいで、一つとして好意的な記事がない。

たとえば、「近衛殿ト云フ父子（基通・家実）ノ、家ニハ生マレテ職ニハ居ナガラ、ツヤツヤト掻ヒハラヒテ、世ノ様ヲモ、家ノ習ヒヲモ、スベテ知ラズ、聞カズ、見ズ、習ハヌ人ニテ（中略）イマダ失セズ、死ナデ、ヲハスルニテ、ヒシト世ハ、王臣ノ道ハ失セハテヌルニテ侍ルヨ」（巻七）とか、「清盛モ誰モ、下ノ心ニハ、コノ後白河院ノ御代ニテ、世ヲシロシメスコトヲバ、イカガトノミ思ヘリケルニ」（巻五）などとあるように。[1] なんともシンプルな善悪二元論。歴史学では、これを第一等史料としてあつかう。しかし、はなはだ危うい。

「保元の乱」（一一五六年、このとき慈円二歳）で勝利した法性寺関白藤原忠通には、複数の子息たちがいた。それぞれに近衛家、松殿家、九条家を立てたが、九条家を立てた兼実は劣り腹（母は皇嘉門院に仕えた女房加賀）で、本来、摂関家を継承する地位になかった。時あたかも治承・寿永の内乱期で、平家に支援された近衛家（基実）がまず後退し、次いで木曽義仲と結んだ松殿家（基房）が没落、関東の頼朝に推挙されて、兼実の九条家に偶然お鉢が回ってきた。『愚管抄』の著者慈円は、その兼実と同腹の弟で、幼くして僧団の世界（比叡山）に入り、天台座主にまで昇りつめる。宗教的な呪術面から出身母体の九条家を助けるのが、その与えられた歴史的役割であった。『愚管抄』を理解するにあたって、このことは充分銘記しておく必要がある。

二　文武兼行の摂籙臣――「謀反」の嫌疑

いまひとつ言っておかねばならない。『愚管抄』は、いままさに「承久の変」（一二二一年、このとき慈円六七歳）が起ころうとする、その一触即発の危機的状況の中で、あわただしく書かれた。あろうことか、九条家に「謀反」の疑いがかけられたのだ。

後白河法皇亡きあと、「治天の君」の地位を引き継いだ後鳥羽上皇は、頼朝以来のよしみで鎌倉武家政権と親しかった九条家を敵視し、西園寺公経父子を馬場殿に幽閉して、討幕へ向けた行動を開始する。公経は、鶴岡八幡宮の社頭で暗殺された三代将軍実朝に代わって将軍職を継ぐべく、鎌倉へと送られた九条頼経（九条道家の子で幼名三寅、時に三歳）の外舅であった。

累はやがて九条家にも及ぶ。『愚管抄』には「謀反」の語が二一箇所に見え、そのうち九例までが最後の巻七に集中してあらわれる。それもすべて九条家を弁護する文脈のなかで。「謀反筋ノ心ハナク、シカモ威勢強クシテ、君ノ御後身セサセムトナリ」（巻七）とか、「君ノタメ謀反ノ方ノ心遣ヒハ、削リハテテアルマジ」（同）とか、「コノ摂籙臣ハ、イカニモイカニモ、君ニ叛キテ謀反ノ心ノ起コルマジキナリ」（同）というように。

これを要するに『愚管抄』は、「謀反」の嫌疑をはらすべく、必死の思いで書き継がれた、九条家の立場からする弁明の書でもあった。

三　大和言葉の本体――カタカナ表記の透明性

『愚管抄』は全七巻からなる。巻一と巻二は、初代神武天皇にはじまり、第八十六代御堀河天皇に至るまでの「皇帝年代記」、巻三から巻六までが藤原摂関家を中心にすえた具体的な「歴史叙述」で、中でも巻六は、兄兼実の摂関職就任から摂家将軍九条頼経の鎌倉下向までの二五年間をあつかった同時代史として貴重である。そして最後に独自の「史論」を展開する巻七が位置する。ただし、成立の順からいえば事態は逆となる。九条家に負わされた「謀反」の嫌疑をはらすべく、まず巻七が最初に構想され、さらにそれを実証すべく、過去を反省的に振り返る巻三から巻六までの「歴史叙述」があとから書き加えられ、最後に巻一と巻二の「皇帝年代記」が添えられたとおぼしい。

したがって巻三の序文が、テキスト全体を見通した、実質的な冒頭表現となる。慈円はそこで、自らのテキストを「世継（よつぎ）物語」の名で総称される『大鏡』や『今鏡』などの「歴史物語」の系譜に位置づけ、対峙させつつ、次のように述べる。

「保元ノ乱」イデキテ後ノコトモ、マタ「世継ガ物語」ト申モノヲ、書キ継ギタル人ナシ。少々アルトカヤ承レドモ、イマダエ見侍ラズ。ソレハミナ、「タダ善キ事ヲノミ記サン」トテ侍レバ、保元以後ノコトハミナ乱世ニテ侍レバ、悪キ事ニテノミアランズルヲ憚リテ、人モ申シ置カヌニヤト、オロカニ覚エテ、云々。

ここには、保元以後の歴史に当事者として係わった著者慈円の肉声が響いている。中でも一等重要なのは、従来の「歴史物語」と違ってカタカナ表記が用いられた点だ。真名（漢文）と仮名（かな文）との対比の中で、カタカナは漢文訓読の補助的役割を担い、両者を仲立ちする位置にある。つまりそれだけ記号としての透明度が高く、音声（＝肉声）をそのまま写し取るのに適していると考えられた。慈円は、「ハタト、ムズト、シヤクト、ドウト」（巻二）などのような、身体動作を忠実になぞり、模した、オノマトペ（擬音語・擬態語）こそ、「日本国ノコトバノ本体」（巻七）だとしている。

その主張の当否は措くとして、カタカナ表記によって読者の身体レベルにまで歩み寄り、そうすることで「アヤシノ夫、宿直人マデ」（巻二）含めた一般読者にも理解可能な、平易な文体が目指された。そのためもあってか、通常の「和文」(たとえば『平家物語』など)と違って、知的教養が前提される漢籍故事からの引用や、和歌的な修辞は、極力排された。(2)

四　道理史観――せめぎ合う歴史法則

『愚管抄』は一般に、道理史観に基づく歴史叙述と理解されている。だが、「道理」の用例は掃いて捨てるほどあるものの(全部で一三八例あるとされる)、たとえば、「無道ヲ道理ト、悪シクハカラヒテ、ヒガコトニナルガ道理ナル道理」(巻七)というように、個々の文脈で「道理」の内容が幾重にも重層し変化して、一定しない。これでは、歴史を意味づけ、評価し、価値判断を下すための確固たる参照基準(ものさし)たりえない。

仏教にいう末法思想(歴史はひたすら衰退し滅亡へと向かう)や、四劫観(しごうかん)(気の遠くなるような長い時間を経て歴史は円環し循環する)も候補に挙げられるが、うまくあてはまらない。「漢家年代」を巻頭に位置づけ、中国歴代王朝との対比も試みられるが、易姓革命によって王朝交替が頻繁に起こる「漢家」と違い、「日本国ノ習ヒハ、国王種姓(しゅせい)ノ人ナラヌ筋ヲ国王ニハスマジト、神ノ代ヨリ定メタル国」(巻七)なのだから、これもあてはまらない。儒教の様々な徳目を自然法則と関連付け、壮大な宇宙論へと体系化した朱子学の「理気二元論」は、まだ日本に伝えられておらず、その一方で、帝王百代で日本は滅ぶとする「百王思想」が世上に流布し、人々の不安をいたずらにかきたてている。「百王ヲ数フルニ、今（第八十四代順徳天皇の今のこと）十六代ハ残レリ。（中略）末代ザマノ君（後鳥羽を暗示する）ノ、ヒトヘニ御心ニマカセテ、世ヲ行ナハセ給ヒテ、事（討幕の企てを暗示する）イデキナバ、百王マデヲダニ待チツケズシテ世ノ乱レンズルナリ」（巻七）というわけだ。

五　二神約諾――「ハカラヒ」の政治神学

試行錯誤のすえ慈円が見出したのは、遠く神代の昔になされた神々による「契約」の観念であった。天皇家の始祖アマテラスは、天孫ニニギノミコトを降臨させる際、付き従う藤原氏の始祖アマノコヤネに対し、「殿のうちに侍して善く防護を為せ」と命じた。『日本書紀』神代記に見えるこの記述に、歴史の最終的な審級をあおぐことで、『愚管抄』の歴史叙述は初めて可能となった。

大切なのは、歴史の推移とともにメタレベルへと自らをせり上げ、その内実を幾重にも変化させてしまう「道理」（それは都合七段階に区分される）なのではない。目に見えぬ「冥」の世界として、天皇家の始祖アマテラスと藤原氏の始祖アマノコヤネとが君臣和合を約した「二神約諾」があり、ときどきの歴史のなかで、それをいかに「ハカラフ」かなのだ。その実践的な行為の結果として、歴史の「道理」が、目に見える「顕(けん)」の形で、そのときどきに様々な形を採ってあらわれる。「冥・顕和合シテ、道理ヲ道理ニテ通ス」(巻七)ことが肝要なのだ。

しかし、慈円の父忠通の「ハカラヒ」がその適切性を欠いたため、保元の乱は起こった。ことあろうに忠通は、「古今の間、比類なき暗主」(九条兼実の日記『玉葉』に引かれた藤原信西のことば)と罵倒された今様(いまよう)狂いの後白河を皇位に即け、さらには乱後の処置を怠り、父忠実(ただざね)を、あろうことか宇治の地に幽閉してその恨みを買い、後々、摂関家(九条家)に怨霊の被害をもたらした。君臣和合の「二神約諾」に反した、忠通のその「ハカラヒ」は、「無道ヲ道理ト、悪シクハカラヒテ、ヒガコトニナルガ道理ナル道理」(巻七)として批判の対象とされている。

そして今また、後鳥羽上皇によりひそかに討幕の「ハカリコト」がなされる。壇ノ浦で平家が亡びたとき、「三種神器」の一つである宝剣が失われた。その宝剣に代わる実力装置(ゲバルト)として王家を守護すべく、鎌倉の武家政権があらわれたと解釈する慈円にとり、討幕の企ては、君臣和合の「二神約諾」をないがしろにする無謀な試みに他ならない。なにしろそのとき鎌倉には、わずか三歳ながら九条頼経がいて、武家の棟梁として、将来を嘱望される地位にあったのだから。

このままでは、「道理トイフモノヲ、ツヤツヤ我モ人モ知ラヌ間ニ、タダ当タルニ従ヒテ、後ヲ省ミズ、(中略)ソノ病ヒ興リテ、死ニ行クニモ及ブ道理ナリ。コレハコノ世ノ道理ナリ。

サレバ今ハ、道理ト云フモノハナキニヤ」（巻七）といった壊滅的な事態が出来しよう。慈円はますます、その危機感を募らせずにいない。

六　百王思想――「悪主」押し込めの論理

『愚管抄』の錯綜した文体を丹念に読み解いていくとき、そこに浮かび上がってくるのは、帝王の廃立をも辞さない、なんとも不穏な物言いである。平清盛や木曽義仲は、後白河を政局から排除しようと試みて、かえって「謀反」の汚名を着せられ、滅んでいった。そうした武士たちのふるまいを、陽成天皇を廃位して、代りに光孝天皇を擁立し、新たに宇多・醍醐朝を創始した藤原基経（藤原摂関体制の実質的な創始者でもある）の「ハカラヒ」と対比させることで、むしろ慈円は、肯定的に受け止める。「君ヲ立ツトハ申スベクモナケレドモ、武士ガ心ノ底ニ、世ヲ知ロシメス君ヲ、改メマヰラスルニテアルナリ」（巻七）というわけだ。そうすることで、「謀反」を疑われた九条家が、逆に後鳥羽上皇を「治天」の地位から引きずり降ろす「ハカラヒ」の妥当性が、暗示される。

なにも驚くにあたらない。臣下が「君ヲ、改メマヰラスル」こうした行為は、政治的な選択肢のひとつとして、当時一般に認められていた。たとえば高倉天皇即位に始まり「承久の変」

の顚末を語って終わる『六代勝事記』は、後鳥羽上皇を「悪王」と名指して、儒教的観点から帝徳批判を展開する。南北朝動乱のさなか、南朝側を正統とする論陣を張った『神皇正統記』も、君徳の有無を論じて、ときに後醍醐天皇の政治姿勢を批判する。これらは、「国王種姓ノ人ナラヌ筋ヲ、国王ニハスマジ」（巻七）との前提のもと、「同ジクハ善カランヲト願フ」（同）と述べた『愚管抄』の主張を、大きく外れるものではない。易姓革命を否定して、「百王」（「百」は実数であると同時に永遠の時間を示す比喩でもある）までも続く皇統の永続性をいう以上、帝王の適任者をその血筋の中から選びだし、一方で不適格者はこれを容赦なく排除するのが、臣下に与えられた責務なのだ。

七　天壌無窮――「ハカラヒ」の行為主体

「ハカラヒ」の用例は『愚管抄』に四〇箇所見える。そのうち伊勢大神宮や八幡大菩薩などの神仏によるものが六例と最も多く、ついで藤原基経と藤原忠通がそれぞれ三例。先に見たように、基経は陽成天皇の廃絶に関してのもの、忠通のそれは後白河の即位と、保元の乱の際の父忠実の処遇に係ってのものである。

興味深いのは、慈円自らを「ハカラヒ」の行為主体とする用例が二例みえることだ。しかもそこでの慈円の「ハカラヒ」は、他の用例と違って歴史に内属したものではない。「サスガニ此ノ国ニ生マレテ、是ノ程ダニ国ノ風俗ノナレルヤウ、世ノ移リ行ク趣(おもむき)ヲ弁(わきま)ヘ知ラデハ、マタアルベキ事ニモアラズト思ヒ、ハカラヒ侍ルゾカシ」（巻二）とあるように、カタカナで書かれた『愚管抄』の、テキスト実践それ自体へと差し向けられた、自己言及的な、もしくは再帰的用法としての「ハカラヒ」なのだ。コトバは受け手に理解されてこそ、はじめてその効力を発揮する。歴史を陳述し、解釈するだけにとどまらず、そうすることで積極的に歴史に働きかけ、その行く末を方向づけるコトバの行為遂行的(パフォーマティブ)な機能が、そこでは大いに期待されている。

たとえば「道理詮(せん)（道理の究極的なありかた）」（巻七）という言葉とともになされた、次のような発言に、そのコトバの行為遂行的(パフォーマティブ)な機能は、遺憾なく発揮されている。

「世」ノタメ「人」ノタメ、ヨカルベキヤウヲ用ヰル、何事ニモ「道理詮」トハ申スナリ。「世」ト申スト、「人」ト申ストハ、二ツノ物ニテハナキナリ。「世」トハ「人」ヲ申スナリ。ソノ、「人」ニトリテ「世」トイハルル方ハ、「オオヤケ道理」トテ、国ノマツリゴトニカカリテ、善悪ヲ定ムルヲ、「世」トハ申スナリ。「人」ト申スハ、「世」ノマツリゴトニモ臨マズ、スベテ一切ノ諸人ノ、家ノ内マデヲ、穏(おだ)シク憐レム方ノマツリゴトヲ、マタ

「人」トハ申スナリ。ソノ「人」ノ中ニ、国王ヨリハジメテ、アヤシノ民マデ侍ルゾカシ。

なんとも舌足らずでたどたどしくはある。しかしここには、易姓革命を常態とする「漢家」と比較して、日本に独自の「世」と「人」のあるべき姿が示されている。「世」と「人」とは、同じものの別の側面であって、「二ツノ物ニテハナキ」ものである。それは、儒教に言う「天」と「地」、「官」と「民」の序列とは違って、人々が作り出す集団の「公」と「私」の区分、「国事」と「民事」の違い、「国家(ポリス)」と「家（氏族）共同体(オイコス)」との関係に対応していよう。中でも注目すべきは、「国王ヨリハジメテ、アヤシノ民マデ侍ルゾカシ」とある最後の一文だ。「国王」と「アヤシノ民」とを、「人」として同列に置くその発想に、「漢家」とは違う、カナを共通基盤とした究極の理想社会(ユートピア)――コジェーヴ『ヘーゲル読解入門』にいう「歴史の終わり」――が、しっかりと見通されている。家族や、一族や、職能集団といった中間団体が、ゆるい形でネットワーク状に結びつき、個々人はそのネットワークの結節点としての役割を果たしつつ、それぞれの帰属集団に忠誠を尽くす。「国王（＝天皇）」とて例外でない。

もっとも、こうした横並びのフラットな社会形態が、「顕」の世界として安定的に保たれるには、君臣和合の「二神約諾」という超越項が、「冥」の世界〈それは儒学思想にいう〈天〉の観念の日本的な代替物でもあった）として、背後にしっかりとイメージされていなければならないのだが。

ちなみに『神皇正統記』は、この「冥」としての超越項を、「昔、皇祖天照大神、天孫ノ尊（みこと）ニ詔（みことのり）セシニ、宝祚之隆（あまつひつぎのさかんなること）、当与天壌無窮（まさにあめつちとときはまりなかるべし）トアリ。天地モ昔ニ変ラズ、日月モ光ヲ革（あらた）メズ。況（いはん）ヤ三種ノ神器、世ニ現在シ給ヘリ」（ウガヤフキアヘズ条）とあるように、「三種神器」の「現在」という形で可視化して示す。『愚管抄』に比べ、それだけ「冥」の世界は、ウソっぽく物神（フェティッシュ）化されざるをえなかったのだが、それに代わる超越項を、その後の歴史の展開の中で、わたしたちはなにに、あるいはどこに求めてきたのであろうか。

八　叡山座主の未来記――不在の読者

その執筆意図に反して、皮肉にも『愚管抄』は、一般にほとんど享受されなかった。「歴史物語」でも、「軍記物」でも、「漢文日記」でもなく、ましてや「正史」とも形態を異にした、まったく新しい「史論」というジャンルを切り開いたゆえであろうか。だが同じ「史論」でも、『神皇正統記』は数多くの写本が残され、人々の間で盛んに享受された。既存の「形式」に拠ることなく、というよりこれといった「形式」のないことが、読者をとまどわせたか。加えて「叡山座主の未来記（みらいき）」（林鵞峰『本朝一人一首』巻九「野馬台詩」条）と称されたことからもわかるように、「聖徳太子未来記」（聖徳太子が未来の歴史を先取りして書いたとされる予言書）の類とひとくくりに、中世を通じて『愚管抄』は、いかがわしい「偽書」のあつかいがされてきた。

徳川武家政権の正当化という時代の要請に応えるべく、江戸期になって、ようやく『愚管抄』は日の目を見る。鎌倉の武家政権を肯定的にとらえたがゆえであろう、新井白石は『読史余論』を書く際に、『愚管抄』を数多く引照している。明治になると、実証主義史学が西欧から移入され、平安末期から鎌倉初期にかけての政治史を知るうえでの格好の歴史史料として、『愚管抄』は一躍脚光を浴びる。この時期の研究は、主に書誌的な条件整備に費やされたが、著者を慈円とする説が確定して以後（それまでは「歴史物語」や「軍記物」と同じく作者不明とされていた）、その特異な「道理」史観に着目して、経世論的な側面に研究の重点は移行した。

太平洋戦争のさなか、天皇への「謀反」を是認するかのようなその論調ゆえに、皇国史観の立場から否定的な扱いを受けもしたが、戦後の民主化運動とともに天皇制批判が展開されると、『愚管抄』の評価は再び高まる。そうしたなか、知の民主化の成果として本文（テキスト）の注釈や現代語訳が整備され、ようやく一般の読者にもアプローチが可能となった。

『日本の名著 慈円・北畠親房』（中央公論社、一九七一）で現代語訳を担当した大隈和雄は、その「道理」史観に、状況適応と事後追認の論理の歴史への適応を見ている。丸山眞男もまた、

『日本の思想　歴史思想集』（筑摩書房、一九七二）の解説で、その都度の状況変化に臨機応変に対処する兵学思想との親和性をみてとる。さらに石田一良は、「『愚管抄』の歴史思想」（『日本思想史学』創刊号、一九六九。後に『愚管抄の研究』ぺりかん社、二〇〇〇）において、歴史はその運行を外側から規定されるとの考えが古代では一般的で、『愚管抄』においてはそれら古代の諸思想が、「時処機相応の思考」を紐帯にして、摂家将軍の出現を正当化すべく一個の有機的総合体にまとめられているとした。大隈和雄『愚管抄を読む―中世日本の歴史観』（平凡社選書、一九八六。後に講談社学術文庫、一九九九）は、こうした戦後の研究成果を受けて一般向けに書かれた概説書で、現時点での到達点を示す。

現在、『愚管抄』の研究は低迷状態にある。民主化論争や天皇制批判が、もはやそれほど重要な争点ではなくなったポストモダンの社会的風潮が大きく作用していよう。平家研究者の尾崎勇らにより精力的に研究は進められたが、斯界での興味関心は、せいぜいが『平家物語』を理解するための補助的あつかいにとどまる。そうした中、『愚管抄』に言う「冥・顕和合」の二元論を根幹にすえて日本の思想史を通観しようと試みる末木文美士の最近の仕事が注目される。(3) グローバル化の進展により、「国民国家」の枠組みがとめどなく融解していくなか、『愚管抄』を論ずることの意味を、いま一度、改めて問い直す必要があろう。

「承久の変」を目前にひかえた危機的状況のさなか、『愚管抄』は急ぎ足で書かれた。そのためもあってか、文章の推敲もままならず、中でも同時代史を跡づける巻六や、歴史評論を展開する巻七の文体は、試行錯誤のあとをとどめて錯雑を極め、読者を大いに困惑させる。とはいえそこには、様々な歴史のアイデアが、未整理のまま、ごった煮のように詰め込まれ、隠れた鉱脈として、今も埋もれたままに放置されている。それらは、いつの日か、読者によって掘り当てられるのを、待っているのだ。

注

（1）引用は『日本古典文学大系　愚管抄』（岩波書店、一九六七）に拠る。ただし読みやすさを考慮して表記を変えてある。

（2）この件についての異色の論考に神田龍身「『愚管抄』という言語行為」（岩波『文学』8—6、二〇〇七・一一）がある。

（3）末木文美士『冥顕の哲学Ⅰ　死者と菩薩の倫理学』、同『冥顕の哲学Ⅱ　いま日本から興す哲学』（ぷねうま舎、二〇一九）など。

【第三スタシモン】

喰ってかかる『愚管抄』
――ゆらぐ歴史叙述と、そのなかでの『今鏡』の位置

理論化できないことは、物語らなければならない。
（ウンベルト・エーコ『薔薇の名前』エピグラフ）

一　饒舌と吃音と

酒の席が大の苦手である。オシャベリすることそれ自体を楽しむことのできない、野暮な性分なのである。あらかじめ定められたテーマがあって、それをめぐってするオシャベリなら、いくらでも付き合える。だが、話題があちこち跳んで、どこへ行き着くとも知れぬとりとめのないオシャベリに、長時間つき合わされるのはごめんだ。

『今鏡』を読んでいると、どうもそんな気分になってくる。他の「歴史物語」のテキストに

比べても、その分量はほぼ二倍。あの長大な『栄華物語』と匹敵し、『今鏡』のオシャベリ好きは、どうして半端じゃない。だが、いつはてるとも知れぬそのオシャベリを、一方的に聞かされたのではたまらない。『愚管抄』の筆者の気持ちも、わからないではない。それにしても、いったいなんのためのオシャベリか。そのいらだちを隠そうともせず、野暮を承知で、『愚管抄』は次のようにいってのける。

> 保元ノ乱イデキテ後ノコトモ、マタ「世継ガ物語」ト申スモノモ、書キ継ギタル人ナシ。少々アリトカヤ承ハレドモ、イマダ、エ見侍ラズ。其レハミナ、「タダ善キコトヲノミ記サン」トテ侍レバ、保元以後ノコトハミナ、乱世ニテ侍レバ、悪ロキコトニテノミアランズルヲ、ハバカリテ、人モ申シオカヌニヤト、オロカニ覚エテ云々（巻三）。

ここでいわれる「世継ガ物語」が『大鏡』だとすれば、それを「書キ継ギタル」テキストとして『今鏡』はあった。だが『今鏡』には、宮廷社会の「善キコト」ばかり書かれていて、保元以後の「悪ロキコト」には眼をつぶり、すこしも触れることがない。よけいなオシャベリばかりしていて、肝心なことはすこしも語られず、これでは、「歴史」を正しく捉えたことにならない。

『愚管抄』がそのようにいうのも、もっともなことのように思える。「善キコト」、「悪ロキコト」の対比が、『源氏物語』蛍巻の「物語論」にみえる、「善きも、悪しきも、世に経る人のありさまの、見るにも飽かず、聞くにもあまることを、後の世にも言ひ伝へさせまほしきふしぶしを、心にこめがたくて」との文言を踏まえたものだったとしたら、なおのこと、「悪ロキコト」を語らない『今鏡』は、「物語」としても、なんとも中途半端で、舌足らず。これはいったい「歴史」なのか、それとも「物語」なのか。読む者に隔靴掻痒の思いを抱かせずにいない、どっちつかずのヌエのようなテキストに、なってしまっているのかもしれない。

たとえば『愚管抄』が、歴史の重要な転換点と位置づける「保元の乱」について、『今鏡』は、わずか一文で済ましてしまう。

まことにいひ知らぬ軍のことといできて、帝の御方、勝たせ給ひしかば、賞どもおこなはせ給ひき。そのほどの事、申し尽くすべくも侍らぬうへに、皆人、知らせ給ひたらむ。（大内わたり）

『源氏物語』の「省筆の草子地」にも似て、なんともそっけない。乱に関係した崇徳上皇

（「八重の潮路」巻）や忠通（「菊の露」巻）、頼長（「飾太刀」巻）らのそれぞれの項目に、やや詳しい説明はあるものの、分散記述されているため、全体像をつかむのは容易でない。「平治の乱」についても同様で、事の重大さに比して、その記述量は必ずしも多くない。しかも、出来事の経過を記す、そのわずか十数行の文章のなかに、「あさまし」の語が、なんと五回もくりかえしあらわれる。

その年の十二月に、あさましき乱れ、都の内にいできにしかば、世も変わりたるやうにて、・・・あるは流され、あるは法師になりなどして、いとあさましき頃なり。信頼の衛門督と申ししは、かの大徳（少納言信西のこと）が仲あしくて、かかるあさましさをし出だせるなり。・・・思はぬ屍（かばね）になむなりにける、いとあさましとも、言葉もおよばぬ事なるべし。・・・院（後白河上皇）の御ため、御心にたがひて、あまりなる事どもやありけむ、二人（経宗と惟方のこと）ながら内に候ひける夜、あさましき事どもありて云々。（をとめの姿）

記述姿勢のこの一貫性のなさは、いったいどうしたものか。思うに「保元の乱」では、勝った側にも、敗けた側にも、どちらの党派にも、『今鏡』の作者は属していなかった。争乱の渦中に巻き込まれることなく、安全な場所に身を置いて、ただそれを傍観していればよかった。だからであろう、『源氏物語』の「省筆の草子地」にも似て、政治向きのことはこれをはばかり、軽く触れるにとどめる態度に、最後まで徹しきることができた。そもそも歴史は、勝者の占有物なのだから。

おのれの勝利を喧伝し、正当化すべく、歴史は勝者によって語られる。敗者の側からの弁明は、いっさい聞かれない。みずからの敗退の歴史を語ることすら、敗者には許されない。まさしく「死人に口なし」だ。歴史をめぐるこの酷薄な事実とは無縁のところに、『今鏡』はその身を置いている。いや置こうとしている。だが「平治の乱」では、どうやらそんな悠長なことを言っていられない立場へと追い詰められたらしい。最後にはかろうじて勝者の側に立つことができたものの、つまりはかろうじて生き残ったものの（だから、まがりなりにも、こうして歴史を語っていられる）いったんは敗者の側に身を置くという過酷な体験を味わい、出来事の当事者として、容易に言葉にできない苦渋を味わったにちがいない。

実際、「平治の乱」は複雑で、『愚管抄』や『平治物語』などの記述をもとに、事件の推移を跡づければ、その背景に、後白河上皇派と二条天皇派との党派争いがあった。後白河上皇の寵（男色関係にあったとされる）をいいことに、院の近臣藤原信頼は、ライバル少納言信西（二条天皇派）の追い落としをはかる。源義朝とはかって、信西の滞在する里内裏の「三条殿」を急襲、後白河上皇と二条天皇の身柄を拘束し、逃げた信西を「田原」の地で討ち取って、いったんは全権を掌握する。しかし形勢不利と見た二条天皇側近の藤原経宗や藤原惟方が、熊野詣から急ぎ引き返してきた平清盛と内通し、二条天皇と後白河上皇とを、ひそかに清盛の六波羅邸へと脱出させてしまう。こうして形勢は一挙に逆転し、信頼は六条河原で斬られ、義朝は東国へ落ちのびる途上で家来のだまし討ちにあう。

それでも上皇派と天皇派との党派対立は解消されず、後白河上皇の意を受けた清盛が、二条天皇親政派の経宗と惟方を拘束し、激しく打擲（ちょうちゃく）してはずかしめ、宮中から追放するといった後日譚が、これに付け加わる。対立する党派のどちらにもいい顔をして、「アナタコナタシケル」（『愚管抄』巻五）清盛の、そのこうもり的振る舞いに、端的な形で示されるように、「平治の乱」では、勝者の立場と敗者の立場とが、めまぐるしく入れ替わった。結果、宮廷社会の多くの人々がその関係者として処罰され、苦渋の体験を、舐め、味わった。

それにしても、『今鏡』の記述だけ見ていては、いったなにが起こったのか、さっぱり要領をえない。出来事相互の因果関係についての説明が一切なく、表面的な出来事に、そのつど感情的な反応を示しているだけだ。いったんは敗者の側に身を置いた困惑からか、その文章はちぢに乱れる。いままでの饒舌なオシャベリとはうってかわって、その文章はなんともたどたどしい。まるで吃音者のそれだ。つまりは文章として自立しておらず、そこここで破綻している。

『栄華物語』にはじまる、かな書き歴史書としての「歴史物語」の流れは、史論としての『愚管抄』や、軍記物（語り物というべきか）としての『平家物語』に、やがてその主役の座を奪われ、『今鏡』以後、急速にさきぼそっていく。主流から外れて（これには天皇中心の皇国史観が戦後になって否定された研究状況の変化もからんでいる）、単なる傍系テキストへと「歴史物語」がその地位を下落させていく転換点に『今鏡』は位置している。

だがそれゆえに、敗者の声のかすかな響きを、そこに聴きとれはしまいか。饒舌なオシャベリとは裏腹の、「平治の乱」の顛末を語る、そのたどたどしいまでの吃音に、そうした『今鏡』の立ち位置が、端的に示されているようにも思われるのだ。

そもそも「物語」は、その匿名性（たいていは作者不詳である）を隠れ蓑に、敗者の立場を代弁し、断片的でちりぢりになったそのかすかな声音（こわね）を、吃音者よろしく、しどろもどろにすくい上げ、後の人たちへ向け、ひそかに語り継ぐことに、その本来の使命があったはずだ。ならば『今鏡』は、「歴史」よりは「物語」の側に、ということは、勝者にではなく敗者の側に、その軸足を置くテキストだったといえよう。勝者の側の「歴史」と、敗者の側の「物語」と。

互いに相容れぬこの二つの要素を、二つながらに兼ねそなえた「歴史／物語」というジャンルの、語義矛盾ともいうべきなんともちぐはぐなネーミング。両者の間でゆれうごく『今鏡』の、その微妙な立ち位置を、いますこし眼をこらして見ていきたい。

二　歴史をもどく物語

「真名」の〈もどき〉が「かな」であるように、「歴史」の〈もどき〉として「物語」はある。「歴史」と「物語」は、合わせ鏡のように互いに向き合い、互いの似姿を映し合っている。互いに、もどき、もどかれる関係として。ならばカナ書き歴史書としての「歴史物語」は、その本性として〈もどき〉の側にその軸足を置いている。

芸能の本性に〈もどき〉を見て、折口信夫は次のようにいっている。[1]

> もどくと言ふ動詞は、反対する・逆に出る・批難するなど言ふ用語例ばかりを持つものの様に考へられます。併し古くは、もつと広いものの様です。尠くとも、演芸史の上では、物まねする・説明する・代つて再説する・説き和げるなど言ふ義が、加はつて居る事が明らかです。「人のもどき負ふ」など言ふのも、自分で、赧い顔をせずに居られぬ様な事を

再演して、ひやかされる処に、批難の義が出発しましたので、やはり「ものまねする」の意だつたのでせう。（傍線は原文）

〈もどき〉は、演技であり、モノマネである。擬態であり、仮面である。ホンモノではなくニセモノであり、ホンモノにニセたり、マネたりして、それをおちょくり、茶化してみせる。面白おかしく滑稽に、再演(リプリゼント)してみせることであり、つまりはサルゴウゴトなのである。たとえば『大鏡』は、語り手の大宅世継に、「翁らが説くことをば、日本紀聞くと思すばかりぞかし」（大臣序説）と発言させている。みずからの歴史語りが、あたかも「日本紀」のそれに匹敵するかのようなそぶりを見せている。だがそのそぶりこそが、翁の歴史語りが〈もどき〉でしかないことの、ニセモノのサルマネでしかないことの、端的なあかしなのだ。それは決して「日本紀」とイコールではない。だからであろう、藤原不比等の諡号(おくりな)である「淡海公」を、鎌足のそれと誤って語った世継の歴史語りに、もう一人の語り手である夏山繁樹が茶々を入れる。「大織冠をば、いかでか淡海公と申さん。・・・ぬしののたぶ事も、天の川をかき流すやうに侍れど、折々かかる僻事のまじりたる」（藤氏物語）と。世継の歴史語りには、ときおりウソが混じる。だからこれを真にうけ、信用しきってはいけないと、テキストみずからが自己言及し、読者に向け注意喚起している。

世継の歴史語りが〈もどき〉でしかないのは、どことなく冗談めかしたその語り口にもうかがえる。茶目っ気たっぷりに、おもしろおかしく歴史を語ってみせる、その剽軽な語り口に、狂言のウソブキ面（ヒョットコ面）やベシミ面が、重ね合わさる。まるで「道化」のそれのよう。語り口だけにとどまらない。〈もどき〉の真骨頂は、その歴史のとらえ方にも及ぶ。表向き歴代天皇の治績を中心に語るかのようでいて、実はそうではない。それはあくまで見せかけで、実のところは、藤原北家による外戚政治の着実なあゆみを、すなわち歴代天皇の父系の系譜を隠れ蓑に、その妻方・母方に立つことで権力を掌握していった、藤原氏の母系の系譜がたどられる。その最終的な帰着点に、すなわち「歴史の終わり」に、三代の帝の外祖父にして三后の父という、前代未聞の地位をえた藤原道長の、位人臣（くらいじんしん）をきわめたその栄華が位置づけられる。

叙述の比重を、父系の王家から、母系の藤原氏へと大きくシフトさせ、本来「真名」でもって書かれるべき「歴史」を、「かな」でもってもどくことで、『大鏡』はこれを、とんでもない「物語」に代えてしまった。あやしげで、なんともいかがわしいその歴史語りは、むほんを疑われてすこしもおかしくない。どう見積もっても正統ではありえず、異端傍系のそれでしかない。

そしてこれには、『栄華物語』という先蹤があった。『栄華物語』もまた〈もどき〉の歴史語りなのであった。ただし世継のような、人を食った語り手は登場しない。その語り口はいかにもナイーブで、後宮に仕えた女房目線からする歴史語りであろうことが想定される。后妃をはじめとする高貴な姫君たちの傍らに、右筆（ゆうひつ）の役目を担った女房たちが仕えていた。そうした女房たちの手になる「女房日記」の類を、パッチワークよろしく切り貼りし、『栄華物語』は成り立つ。上東門院彰子の敦成（あつひら）親王（のちの後一条天皇）出産の経緯を記す「はつはな」の巻の一節が、『紫式部日記』の文章の引き写しであることは、はやくから指摘がある。男性官人たちによって書かれた「殿上日記」や「外記日記」が、まずはあった。これらは原則「真名」で記される。その「真名」で書かれた「殿上日記」や「外記日記」を「物まね」して「かな」に代え、やさしく「説明」し、「代わって再説する」よう、「説き和げ」て書かれたのが「女房日記」であった。そうした〈もどき〉としての「女房日記」に出自するテキストが、『栄華物語』なのであった。

『栄華物語』については、加えて『源氏物語』からの影響も無視できない。そして、この『源氏物語』からして、実は「日本紀」の〈もどき〉なのであった。「この人は日本紀をこそ読みたるべけれ。まことに才あるべし」と『紫式部日記』にみえ、また『源氏物語』の蛍巻では、「日本記などはただ片そばぞかし。これら（物語のこと）にこそ道々しく詳しきことはあらめ」とこきおろされる「日本紀」は、いままで、『日本書紀』に始まる、漢文で書かれた正史としての「六国史」のことだとされてきた。しかしそうではなく、「日本紀講筵」の〈場〉を想定した発言との説が、最近は有力である。

「日本紀講筵」とは、『日本書紀』のテキストに逐一注釈を加え、これを和文脈に置き換えながら全巻通読することで、古代律令制国家の起源にたちかえり、そこに描かれた神話的記憶を、みなで共有していくための公卿・殿上人たちの勉強会で、天皇臨席のもと、当代一流の漢学者たちを講師に招いて、ときには数年の歳月をかけて行われた、重要な宮廷行事であった。だとすれば、「日本紀をこそ読みたるべけれ」という一条天皇の発言は、「日本紀講筵」の講師を務めるに足る能力を、式部のうちに認めたこととなり、おかげで「日本紀の御局（みつぼね）」とまであだ名され、大いに迷惑したのだが、それを上回ってあまりあるお褒めのことばを、式部は天皇から頂戴したことになる。

だがその「日本紀講筵」も、村上天皇の康保時（九六五）を最後に途絶する。藤原北家、なかんずく藤原道長へとつらなる御堂流が、その権力を掌握する過程と入れ違うようにして。ならば、「真名」でなく「かな」で書かれた『源氏物語』に、「日本紀講筵」の〈もどき〉を期待した一条天皇の気持ちも、わからないではない。その『源氏物語』を、『栄華物語』はさらにもどいてみせる。父系の系譜よりも、母系の系譜に焦点化することで。つまりは「光源氏の物語」から、「藤原道長の物語」へと、その軸足を移すことで。

とはいえ『栄華物語』の語り口には、『大鏡』のそれのような、茶目っ気たっぷりのユーモアがない。権威づらした勝者の「歴史」を、「漢字漢文」で書かれた事大主義のそれを、おちょくり、茶化し、まぜっかえしていく〈もどき〉の豪胆さが、微塵も感じられない。その文章は、変にまじめくさって、ちっともおもしろ味がない。違いは、みずからの〈もどき〉に、どれだけ自覚的であるかにかかっている。『大鏡』は、みずからの〈もどき〉に、極めて自覚的であった。いわば確信犯なのである。それに比べ『栄華物語』は、そうした自覚がまったくない。自覚のないままに、母系を介した、道長による王権簒奪の歴史を語ってしまう。そのことがいかに犯罪的で、それこそむほんを疑われておかしくないか。

道長に対して批判的な立場からする、次のような記述とくらべるとき、『栄華物語』の歴史語りの異様さが、一層きわだつ。

> 太閤、下官を招き呼びて云ふ、「和歌を読まんと欲す。必ず和すべし」といへり。答へて云ふ、「何ぞ和し奉らざらんや」と。又云ふ、「誇りたる歌になむある。但し宿講〈あらかじめ準備しておくこと〉に非ざるものなり。此の代をば我が代[2]とぞ思ふ望月の虧（か）けたる事

もなしと思へば」と。余申して云ふ、「御歌優美なり。酬ひ答ふる方なし」と。満座、ただ此の御歌を誦すべし。（『小右記』寛仁二年十月十六日条）

その場での一連のやりとりを、『栄華物語』は記さない。「此の代をば」の歌についても、触れることがない。さすがにこれはやりすぎだと、それなりの自重が働いたのかもしれない。

三　見失われる〈もどき〉

以上に述べてきた『大鏡』と『栄華物語』の、その双方の歴史語りを、二つながらに受け継いで、やがて『今鏡』は書かれる。「祖父は、むげに賤しき者に侍りき。后の宮になむ、仕へまつり侍りける。名を世継と申しき」と、その語り手に語らせて、『大鏡』の語り手「大宅世継」の後継者に、まずはみずからを位置づける。さらに、「越の国の司におはせし御むすめに、あいい式部の君と申しし人の、上東門院の后宮と申しし時、御母の鷹司殿にさぶらひ給ひし局に、あやめと申して、まうで侍りし」と語らせて、『源氏物語』や『栄華物語』の語り手女房たちの正統な後継者として、みずからを位置づける。だが、それぞれの〈もどき〉についての受け継ぎ方は、二つながらにまちまちで、奇妙なねじれを生じさせている。

『今鏡』は編年体でなく、人物ごとにその関連記事をまとめる紀伝体を採用したことで、形式面では『大鏡』を襲う。高倉天皇の嘉応二（一一七〇）年に語りの年時を特定する点も、『大鏡』のそれと共通する。しかし肝心の〈もどき〉については、その自覚がまったくない。〈もどき〉の欠落ということでいえば、『今鏡』はむしろ、『栄華物語』に近い。

百歳を優に超える「あやめ」という名の嫗（おうな）を登場させ、聞き手との対話の〈場〉を、せっかくつくりだしておきながら、実際の歴史語りでは、その〈場〉がちっとも活かされない。『栄華物語』のそれに似て、出来事を一方的に語るのみで、聞き手との対話の〈場〉は、末尾に付せられた「奈良の御代」や「つくり物語の行方」まで、お預けにされる。ならば『栄華物語』と同じかといえばそうでもない。〈もどき〉を自覚しない『栄華物語』であるが、父系よりも母系に焦点化し、「光源氏の物語」から「藤原道長の物語」へと軸足を移すことで、その歴史語りは、おのずと〈もどき〉たりえた。しかし『今鏡』の場合は、その意味でも〈もどき〉たりえていない。

どういうことか。夙（つと）に陶山裕有子も指摘するように、『今鏡』の歴史語りは、父系の系譜と母系の系譜と、そのどちらか一方に軸足を置くということがない。どちらにも、まんべんなく公平なまなざしをそそぐ。(3) 父系の〈もどき〉として母系を位置づけ、その両者の間に、折口のいう「反対する・逆に出る・非難する」といった対抗(オルタナティブ)の姿勢を、もしくは「物まねする・説明する・代って再説する・説き和げる」といった代替(オルタナティブ)の働きをみることがない。その点が、『栄華物語』とはちがっている。

結果、どうなるか。『今鏡』の歴史語りは、「すべらぎ」、「藤波」、「村上の源氏」の三部に、大きく分けられる。第一部の「すべらぎ」の巻々では、歴代帝王の系譜がたどられ、第二部の「藤波」の巻々では、摂関家を中心とした藤原氏の、第三部の「村上の源氏」の巻々では、新興勢力としての村上源氏の系譜が、それぞれたどられる。それら三つの系譜は、父系と母系とが仲良く同居し、しあわせな出会いを演出する「双系制」によってゆるやかに結びつく(4)。どのようにか。藤原氏、なかんずく摂関家が、王家の妻方・母方を独占することで。さらにその摂関家の妻方・母方を村上源氏が独占することで。いわく、「一の人、藤氏の御母の多くは、源氏におはします。しかるべきことにぞ侍る。・・・この殿二所（基実・基房のこと）は、源中納言の姫君二所におはしませば、藤氏は一の人にて、源氏は御母方やむごとなし」（藤の初花）と。

極めつけは白河天皇の中宮賢子の登場だ。「藤波の御流れの栄え給ふのみにあらず。帝、一の人の御母方には、近くは源氏の君たちこそ、よき上達部どもはおはすなれ」（うたたね）と、摂関家をも凌駕する、母系を介した源氏の地位の向上が強調され、さらには「堀河の帝の御母賢子の中宮は、大殿の御子とて、参り給へれど、まことは六条の右の大臣の御むすめなり」（うたたね）、「代々の帝の御母、藤波の流れにおはしますに、堀河の帝の御母后も、関白の御むすめになりて、女御に参り給へれども、まことには源氏におはしませば、ひき替えたるやうに聞こえさせ給ひしに」（二葉の松）と注記して、母系を介した村上源氏の躍進ぶりが示される。ちなみにここで言う村上源氏は、あの後中書王具平親王を始祖と仰ぐ家なのであった。

　だがそれも、つかの間のこと。やがて建春門院平滋子があらわれて、「今また平

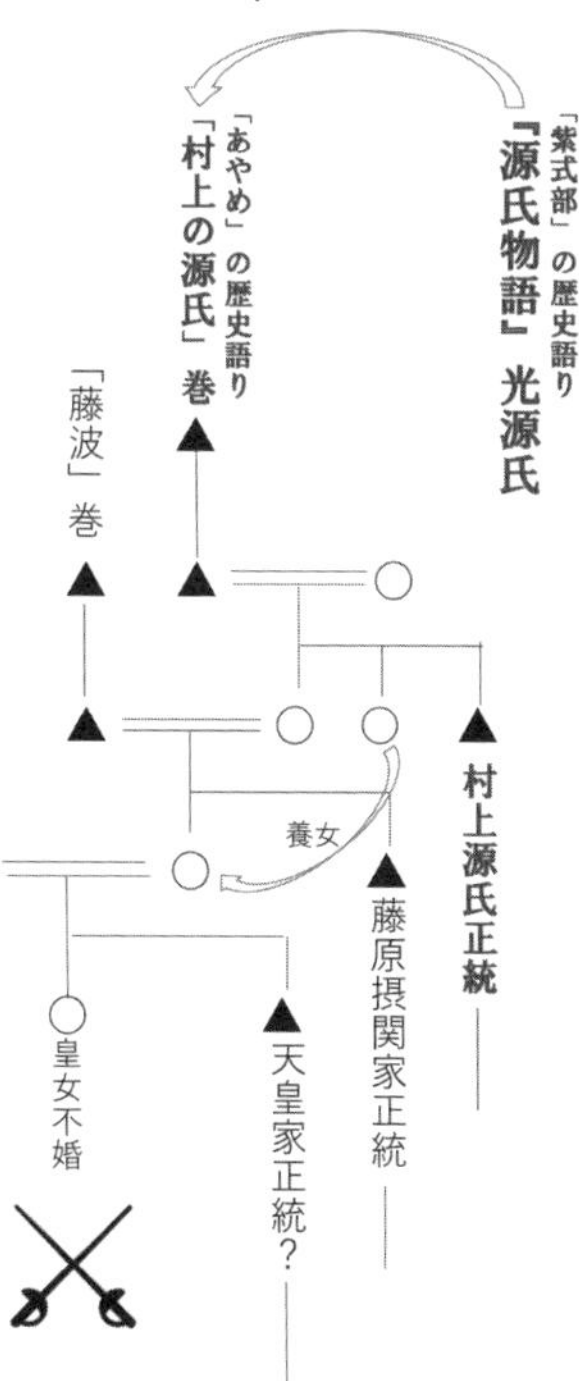

諸家「閨閥」関係図

の氏の国母、かく栄えさせ給ふうへに、同じ氏の上達部・殿上人、近衛司など多く聞こえ給ふ。この氏のしかるべく栄え給ふ時の到れるなるべし」（二葉の松）と記され、さらなる新興勢力として、平家の登壇が示される。王家から藤原摂関家へ、さらには村上源氏から、次なる平家へと、母系を介して、その権勢は次々と移り代わっていく。ならば「平家の公達」とでも題した第四部（あたかも『平家物語』の世界を先取りするかのような）を、『今鏡』は、続編として立てねばなるまい。

　このとりとめなさは、どうしたものか。父系と母系とのかかわりをたどるなら、「歴史のおわり」を見すえ、その予定調和の歴史を語ることなど、もとより望めない。その端的なあらわれとして、最後の関白、藤原基房についての、『今鏡』の歴史語りがある。「この次の一の人には、今の摂政おとどにおはします。・・・この二人の摂政殿（基実・基房のこと）たち、みな御子おはしますなれば、藤波のあと絶えず、佐保川の流れ久しかるべき御ありさまなるべし」（藤の初花）と記した、その舌の根も乾かぬうち、例の「殿下乗合事件」（嘉応二年十月のその事件については『愚管抄』や『平家物語』諸本にくわしい）が起こって、最後の関白、藤原基房は、その地位から一気にころげ落ちる。

　先に平家の将来へ向けての栄華をことほいだことと、これは大きく齟齬をきたし、かくして『今鏡』の歴史語りは、その内部から自壊していく。「一の人」と、「藤氏の長者」と、「内覧の宣旨」とが、予定調和に結びつかず、むしろ対立抗争の火種となってしまったことを、「保元の乱」に関わった忠通の「菊の露」章段や、頼長の「飾太刀」章段において、『今鏡』はすでに見てきている。ならば基房を「一の人」として賞揚してやまないその記述に、語義矛盾ともいうべきアイロニーをみてとることは可能か。それともそれは、一読者の勝手な読みにすぎないのか。

四　系譜への強迫

〈もどき〉を自覚しない『今鏡』は、先行する『大鏡』や『栄華物語』を、正しく継承するテキストとして、みずからを位置づける。そうでもしなければ、みずからの歴史語りを正統化できないからだ。その方策を踏襲してか、「歴史物語」にジャンル区分される以後のテキストは、どれも、みずからの系譜づけに忙しい。『今鏡』はまた、最後に「つくり物語の行方」という「跋文」をもうけ、そこにおいて、みずからの歴史語りの信憑性を担保しようと試みる。みずからの歴史語りを入れ子式に包み込む、この「序文」と「跋文」とは、どれほどの有効性を持ちえているか。それら二点のありようを以下に見ていきたい。

「歴史物語」の語を最初に用いたのは、国学者の黒川真頼だとされる。だがそれは、近代以前の書籍分類でいう「雑史」の言いかえで、いまのようなジャンル名とは中身が違った。「仮名文の国史」の名のもと、藤岡作太郎は『栄華物語』と『大鏡』の紹介記事を書いている。「歴史物語」の語は、いまだ使われていない。いまのようなジャンル名として「歴史物語」の語を最初に用い、一連のテキストを系譜づけたのは、芳賀矢一が最初らしい。「平安時代に発生した仮名物語の歴史」、「国文で記した歴史」として、芳賀は、『栄華物語』、『大鏡』、『今鏡』、『水鏡』、『増鏡』を挙げ、さらにその後継作品に、荒木田麗女による江戸期の『池の藻屑』や『月のゆくへ』を位置づける。芳賀のこの見方がその後に受け継がれ、いまに至るも、「歴史物語」といえば「ダイ、コン、ミズ、マス」なのである。

だが、これについては、芳賀ひとりが悪いのではない。「歴史物語」にジャンル分けされたテキストの各々が、先行テキストとの継承関係を明らかにしようと、それぞれにやっきになっているからだ。たとえば『水鏡』は、先行テキストとしての『大鏡』を多分に意識し、その不備を補うとの名目で、みずからの歴史語りを開始する。『大鏡』には文徳天皇よりのちのことしか語られない。だが歴史を正しくとらえるためには、その前の歴史も知っておかなければならない、と。だがこれは、文徳以降の歴史に転機を見て、母系に焦点化した歴史語りを、あえて試みた『大鏡』の意図を、まったく解さない、余計なさかしらだ。

かくして、葛城・吉野を修行の場とする、おそらくは不老不死の長寿をえた「仙人」を語り手に設定し、初代神武天皇から第五十五代仁明天皇に至る長大な時間を、その視野に収めつつ、歴代天皇の治績を語ってみせる。異様なまでに高齢の、人間離れした語り手を設定する、その歴史語りの「枠組み」だけが独り歩きし、暴走する。このなんともグロテスクな光景に、唖然とさせられる。そして最後は、次のように締めくくられる。

代あがり、才かしこかりし人の『大鏡』などいひて書き置きたるにはにばみ（似ばみと鈍ばみの掛詞）て、ことば賤しく、ひがごと多くして見どころもなく、もし落ち散りて、見ん人に、そしりあざむかれんこと疑ひなかるべし。紫式部が源氏など書きて侍るさまは、ただびとの仕業とやは見ゆる。されどもそのときには「日本紀の御つぼね」などつけて笑ひけりとこそは、やがて式部が日記に書きてはべめれ。ましてこの代の人の口、かねて推し量られてかたはら痛くおぼゆれども・・・『大鏡』巻も凡夫の仕業なれば、仏の大円鏡智の鏡にはよも侍らじ。これももし『大鏡』に思ひよそへば、そのかたち正しく見えずとも、などか「水鏡」のほどは侍らざらんとてなん。

どうしたわけか『今鏡』への言及はない。代りに『源氏物語』にまつわる「日本紀」のエピソードがもちだされる。『今鏡』への言及はないものの、思うにこの『水鏡』、たとえその成立は『愚管抄』に先行するにしても、『今鏡』に食ってかかった『愚管抄』の批判をしっかと受けとめ、それへの応答責任をはたすべく書かれたテキストではなかったか。

『愚管抄』は、すでに『大鏡』の「雑々物語」でも言及されていた、仏説にいう「四劫観」に触れ、「南州（南瞻部州のこと）ノ盛衰ノコトハリハ、オトロヘテハ興リ、興リテハオトロヘ、カク次第ニシテ、ハテニハ人寿十歳ニ減ジハテテ、劫末ニナリテ、マタ次第ニ興リイデ、興リイデシテ、人寿八万歳マデ興リアガリ侍ルナリ」（巻三）と記して、「劫初劫末」の長大な時間の内に、「日本国」の歴史を位置づけようとする。それを受けて『水鏡』では、「四劫観」についてのくわしい説明が、語り手の仙人の口を通してなされる。さらには「スベテサスガニ内典外典ノ文籍ハ、一切経ナドモキラキラトアンメレド、ヒワノクルミヲカカエ、隣ノ宝ヲ数フルト申スコトニテ、学スル人モナシ」（巻七）との危機感から、『愚管抄』が推奨した歴史の文献リスト（どういうわけか『水鏡』がよりどころにした『扶桑略記』はそこに含まれない）を参照しつつ、神武から始まる歴史をあらためて振り返ってみせる。

それにしても、この「跋文」にみえる、なんとも腰の引けた自信のなさはどうしたものか。よくある形式的な自己卑下、たんなる謙譲の美徳といってすませられない。かな書き歴史書としての「歴史物語」というジャンルへの根本的な疑義、「歴史」の真実を取り逃がしてしまうことへの、その本質にはついに迫りえないことへの根源的な恐れが、そのものいいの端々にうかがえてならない。

　先行テキストとの継承関係のもとに、みずからのテキストを位置づける、こうした異様なまでの強迫は、『増鏡』に至って頂点に達する。

> ただおろおろ見及びしものどもは『水鏡』といふにや。神武天皇の御代より、いとあらかに記せり。その次には『大鏡』。文徳のいにしへより、後一条の御門まで侍りしにや。また『世継』とか四十帖の草子にて、延喜より堀河の先帝まで、少しこまやかなる。またなにがしの大臣の書き置き給へると聞き侍りし『今鏡』に、後一条より高倉の院までありしなめり。まことや『弥世継』は、隆信朝臣の、後鳥羽院の位の御程までしるしたるとぞ見え侍りし。その後の事なん、いとおぼつかなくなりにけり。覚え給はん所々までものたまへ。

　ここでいう『世継』が『栄華物語』であることはいうまでもない。そしてここに描かれた図式に基づき、芳賀はジャンル区分としての「歴史物語」を立ち上げたわけで、「歴史物語」のジャンル意識は、すでにこれら後続の「歴史物語」において先取りされ、自覚的にかたちづくられていた。芳賀はただそれを、後からなぞっただけだ。

それにしても、なぜこれほどまでに先行テキストとの継承関係にこだわるのか。いうまでもなく、〈もどき〉の自覚のないままに「かな」で「歴史」を書くことの不整合、その矛盾に、これらのテキストが、たえず悩まされてきたからである。「かな」で「歴史」が書けるはずがないではないか。それでは「歴史」にならず、「物語」になってしまう。この根源的な問いを避けて通ることはできず、だからこそ先行テキストをたえず意識し、それとの関係づけを通して、みずからの歴史語りを根拠付け、正統化していくしか手立てがなかった。

『栄華物語』や『大鏡』のあとでは、なにかが根本的に変わってしまったのだ。「善キコトノミ」を記して「悪ロキコト」は語らないと批判された『今鏡』を、その大きな転回点として。

五　〈もどき〉の復権

そんな『今鏡』を飛び越して、〈もどき〉としての「物語」の本性は、「歴史物語」とはジャンルをちがえた、別のテキストへと受け継がれる。そのひとつが『無名草子』であり、加えて『愚管抄』も、そうした〈もどき〉を受け継ぐテキストのひとつなのであった。

みずからの〈もどき〉に極めて自覚的なテキストとして、物語評論書の『無名草子』はある。花かごを手に、高齢の嫗（おうな）を登場させるその設定は、『今鏡』の「あやめ」の登場と相似形であり、ならば「最勝光院」で出会う女たちは、西海のもくずと消え失せた平家の亡魂でもあったろうか。東山の麓の法住寺内に建てられた「最勝光院」は、健春門院平滋子の御願寺であった。耳なし芳一よろしく、嫗はそこで、『源氏物語』をはじめとした女たちの物語談義に耳を傾ける。母系の系譜をたどることで、最後にたどりついた滋子の登場を、『今鏡』は、「今また平の氏の国母、かく栄えさせ給ふうへに、同じ氏の上達部・殿上人、近衛司など多く聞こえ給ふ。この氏のしかるべく栄えさせ給ふ時の到れるなるべし」（二葉の松）と慶賀して、その筆を措く。ならばそれへの皮肉（アイロニカル）な応答として、『無名草子』のこの状況設定があった。

『今鏡』の末尾で述べられた、「奈良の御代」の『万葉集』論や、「つくり物語の行方」の『源氏物語』論をしっかかと受けとめ、それを「物まねする・説明する・代って再説する・説き和げる」ようにして、『無名草子』では物語評論が、本腰を入れて展開される。先にも述べたように、これは「源氏供養」の〈場〉を借りたパロディ（菩提講の〈場〉を借りた翁談義が『大鏡』のテキストだったように）だった可能性が高い。だからこそテキスト後半では、かなの文芸活動に従事した女たちの様々な逸話が、縷々（るる）語られる。しかもその末尾では、「むげに男のまじらざらんこそ、人わろけれ」との聞き手の求めを断固拒否し、「世継、大鏡などを御覧ぜよかし、それをすぎたることは、なにごとをかはもうすべき」と言ってのける。〈もどき〉の自覚のないままに、おおけなくも男たちの歴史を語ってしまった『今鏡』への、これは「反対する・逆に出る・非難する」行為でなくしてなんであろう。

『今鏡』はその最後に「つくり物語の行方」の章をもうけ、『源氏物語』を書いて「不妄語戒」を犯したため、紫式部は、死後、地獄に堕ちたとする紫式部堕地獄説をとりあげる。いずれ仏教者たちが、おのれの教線拡大のため言いだした世迷言であろう。だがこれを真にうけ、「源氏供養」のための法会が、当時、女たちによって盛んにおこなわれていた。ならばその紫式部に女房として仕えた「あやめ」の語る『今鏡』の歴史語りも、あやしげな妄言としてしりぞけられておかしくない。だからであろう、『今鏡』は、みずからの「物語」の信憑を保証すべく、論陣を張らざるをえなかった。その長口舌のきもを示せば、方便説ということになろうか。

罪深きさまをも示して、人に仏の御名(みな)をも唱へさせ、とぶらひ聞こえむ人のために、導き給ふはしとなりぬべく、情けある心ばへを知らせて、うき世に沈まむをも、よき道に引き入れて、世のはかなき事を見せて、悪しき道を出だして、仏の道にすすむ方もなかるべきにあらず。・・・ものの心をわきまへ、悟りの道に向ひて、仏の御法を広むる種として、あらきことばも、なよびたることばも、第一義とかにかへし入れんは、仏の御こころざしなるべし。

その文言には、『源氏物語』蛍巻の「物語論」からの影響が見てとれる。「物語」の効能を説いて、すでに光源氏は、次のように述べていた。「仏の、いとうるはしき心にて、説きおき給へる御法も、方便といふことありて云々」。とはいえ方便説へとすべてを集約してしまう『今鏡』のナイーブさは、多分にアイロニカルな蛍巻「物語論」のそれより大きく後退している。「かな」ではたして「歴史」が書けるのか。それでは「物語」となってしまうのではないか。この根源的な問いへ向け、別の解を示すのが、『愚管抄』である。

仮名ニ書クバカリニテハ、大和言葉ノ本体ニテ、文字ニエカカラズ。仮名ニ書キタルモ、ナホ読ミニクキ程ヲバ無下ノコトニシテ、人コレヲ笑フ。「ハタ」ト、「ムズ」ト、「シヤク」ト、「ドウ」トナドイフ言葉ドモ也。コレコソ、コノ大和言葉ノ本体ニテハアレ。コノ言葉ドモノ心ヲバ、人ミナコレヲ知レリ。（巻二）

オノマトペ（擬態語・擬声語）の「音声」をそのままに写し取る、カタカナの働きが、ここでは強調されている。視覚的な記号としての「文字」は、その物質性ゆえに不透明で、必ずしも正しい音声を伝えない。「文字」としてやり玉にあげられているのは、ここでは「真名」としての漢字である。しかし「ひらがな」も、その視覚的な美しさを求めるゆえ、そうした「文字」の不透明性を免れない。一方でカタカナは「文字ニエカカラズ」、音声をそのままに写し取る透明な記号として高く評価される。「書き言葉」よりは「はなしことば」に、表意文字よりは表音文字に、「大和言葉ノ本体」が求められる。かくして、「漢字」や「ひらがな」でなく、「カタカナ」を用いることで、歴史を正しく叙述することは可能だとの結論が導かれる。

「音声＝ロゴス中心主義」ともいうべき『愚管抄』のこうした言語観は、後に述べるようにデリダに代表されるポスト構造主義の立場からすればあべこべで、「はなしことば」よりは「書き言葉」が、「表音文字」よりは「表意文字」の方が、歴史的には先行する。ともあれ〈起源〉にさかのぼって「表音文字」へとたどりつき、そこに歴史語りの信憑を求める『愚管抄』のこうした「音声＝ロゴス中心主義」は、これを内容面で見ていくとき、天皇制を支える神学イデオロギーの形成にも寄与する。天皇家の始祖「アマテラス」と摂関家の始祖「アマノコヤネ」の「二神約諾」を、それ自体「書き言葉」である「記紀神話」の記述に求め、神と神とのその契約関係に〈起源〉を求めてそれを「冥」ととらえた上で、歴史的現実としての「顕」の世界を方向づけ、下支えするものとして、その「冥・顕和合」に、中国と違って易姓革命のない日本の統治形態の正統性根拠を求めていく発想へとつながっていくからである。(5)

『愚管抄』はいまひとつ、母系の系譜により歴史が左右されることへの、露骨な忌避感を示してやまない。「女人入眼(にょにんじゅげん)」の語が『愚管抄』には五箇所に見え、その語のもとに女性論が展開される。いままで意識化されることがなく、それでいて歴史語りの必須要件として重視されてきた母系の系譜を、あらためて前景化し、問題視する。

「皇后ハ女ノ身ニテ、皇子ヲ孕ミナガラ、イクサノ大将軍セサセ給フベシヤハ。産マレサセ給ヒテノチ、マタ六十年マデ、皇后ヲ国主ニテオハシマスベシヤハ」(巻三)としるされた神功皇后が、まずはその初発の事例としてあった。産む性としての母が、六十年ものあいだ「国主」として君臨した歴史的伝統をもつこの国では、「漢家」のように「タダ詮ニハ、器量ノ一事極(きは)マレルヲトリテ、ソレガ撃チ勝チテ国主トハナル」(巻七)ような、いうところの「易姓革命」は、まず起こらない。このようにして意識化された『愚管抄』の母性イメージは、娘を「母后」に立てることで外戚の立場から権勢をふるった、かつての藤原摂関体制を根拠付け、それをあるべき日本の、唯一正統な国制形態に位置づける。

ただし手放しの肯定ではない。たとえば平安遷都の後に起こった薬子の乱に触れ、そこに亡国の兆しをみて、「アシキ事ヲモ女人ノ入眼ニハナルナリ」（巻三）と、その評価は多分に両義的である。村上源氏の出でありながら摂関家の養女となり、入内した中宮賢子までならまだ許せる。そうではなく、摂関家以外に出自を持つ女たちが、帝王の寵愛をいいことに、しばしば国政に口出しし、それが結果として世の中を混乱に陥れたとする理解の反映であろう、そのきわめつけが、傍系の出でありながら后妃の地位にまで昇りつめた待賢門院璋子（たまこ）や、美福門院得子（なりこ）の登場であり、さらには建春門院平滋子による平家の台頭があった。そして現時点では、北条政子と藤原兼子による両頭政治が、その念頭にあった。

> コノ妹（北条政子）ト兄（北条義時）シテ、関東ヲバ行ヒテアリケリ。京ニハ卿二位（後鳥羽院の乳母藤原兼子）、ヒシト世ヲトリタリ。女人入眼ノ日本国、イヨイヨマコトナリケリト云フベキニヤ。（巻六）

その語り口にうかがえる皮肉なニュアンスは、「女帝」から「母后」へと移り変わってきた「女人入眼ノ日本国」が、いまやどこの馬の骨とも知れぬ女たちによって、壟断されていることへの憤りに発している。と同時にこれが、『栄華物語』にはじまる「歴史物語」の、母系を重視し、外戚関係に焦点化して語る歴史語りを多分に意識し、それに「反対する・逆に出る・非難する」ため書かれたテキストであることの、端的な指標ともなっていることに注意したい。母系を重視した「歴史物語」の、そのさらなる〈もどき〉として『愚管抄』はあった。

父系の系譜が突出した院政期には、母系の系譜が複数化され、権力の中枢機能が限りなく分散して相互にせめぎ合う。そのせめぎ合いの結果が歴史を駆動する。そのことをすこしも自覚せず、『今鏡』の母系へのこだわりは、あくまで予定調和だ。「殿下乗合事件」として知られる関白藤原基房の失脚を、ついに語りえなかった『今鏡』の限界が、そこにあるとの、『愚管抄』の見立てであろう。

母系を通して歴史を見ること自体は、まだそれなりの有効性を持っていた。それは結果として、村上源氏の政界進出を対象とした記述量の増大をもたらす。そして最後には、母系を介した平家の台頭を見通すあらたな歴史のビジョンが示された。だがそれは、摂関家正統が、いまでのような権勢を、今後も維持し続けることを、なんら保証しない。『今鏡』が摂関家正統として見定めた基房の、その後の転落ぶりを踏まえ、かくして『無名草子』が、そして『愚管抄』が書かれてくる。

六 「常民」の歴史

『愚管抄』の批判を手がかりに、〈もどき〉を自覚しない『今鏡』のとりとめのないオシャベリを、いささか否定的にとらえすぎた。だが、本稿の意図は、実のところそこにない。むしろ逆である。

『源氏物語』の「省筆の草子地」よろしく、政治を排し、それと無縁な立場にみずからを立たせたからといって、『今鏡』のテキストが、必ずしも政治的でなくなるわけではない。政治を無視し、等閑に付すことで、かえってそのテキストは、あらたな政治性を帯びる場合だってある。「政治的な問題を省いて、主題を男女の関係にしぼった」とされる『源氏物語』の、漢語の使用を極力避け、ひらがな表記へと自らを特化させたテキストのありように、政治を拒否する行為それ自体が持つ政治性を見て、柄谷行人は次のようにいっている。[6]

> 王朝の女流文学の言語でやるかぎり、一切それ以外のこと（男女の関係以外のこと——引用者注）は書けないようになっています。だから、こうしたエクリチュールは支配的にはなりえない。それ以後もそれ以前からも、日本のエクリチュールの主流というのは、漢字仮名

交用です。つけくわえていいますが、このように政治的な事柄をのぞいて男女の関係だけを書くということは、それ自体「政治的」なことです。（傍点引用者）

「政治」ということばが、ここでは二つの意味で使われていることに注意したい。通常の意味での狭義の政治と、その狭義の政治を拒否し、それと無縁のところで生きようとする態度が自ずと持ってしまう、より広義の、すなわち本稿でいうところの〈もどき〉としての政治性である。

「文字論」と題された柄谷のこの文章は、「音声＝ロゴス中心主義」に対するデリダの批判を踏まえ書かれている。ロマン主義にその根を持つ「音声＝ロゴス中心主義」は、〈起源〉の「音声」を重視する。人為的な「文字」は、より自然な（もしくは身体的な）〈起源〉の「音声」の単なる写しでしかなく、その補助手段でしかないとされる。デリダは、そうした「文字」と「音声」の関係を転倒させる。「はなしことば」がまずあり、それをただ単に文字化することで「書き言葉」が成立したわけでは決してない。歴史的に考えれば、「はなしことば」の「音声」に先行して、まずは「書き言葉」としての「文字」があった。

西洋においては、「書き言葉」としてのギリシア語や、ラテン語がまずあり、それを「物まねする・説明する・代って再説する・説き和げる」ようにして、あとから「はなしことば」なるものが擬似的に作られた。イタリア半島の一方言で『神曲』を書いたダンテ、俗語で『方法序説』を執筆したデカルト、『聖書』の俗語翻訳を試みたルター。ルネッサンスの「俗語」革命は、そのようにしてなされ、その結果として、イタリア語なり、フランス語なり、ドイツ語なりの各地域の「国語」が、「書き言葉」として、後から成立してくる。

この図式を東洋にあてはめるなら、唯一の「書き言葉」として漢字漢文があった。その漢字漢文を日本語のシンタックス（統語法）に則して書き換えた漢字仮名交用の「書き言葉」が、日本では既に行われていて、そこから表意文字としての漢字を極力排除することで、表音文字としてのカナを基調とする擬似的な「はなしことば」を、『源氏物語』は事後的に作り出した。これを要するに、「書き言葉」の〈もどき〉として「はなしことば」はあったのだ。

柄谷がいうように「政治的な問題が絡めば必ず漢語を使わなければいけない」のだとすれば、『源氏物語』はその漢語を排除することで、自らのテーマを「男女の問題、愛の問題だけに限定」し、そこから「政治的な事柄」を意図的に排除した。しかも先に引用した柄谷の文章のきもは、そうした『源氏物語』の選択と排除こそ、すなわち擬似的な「はなしことば」による〈もどき〉の実践（パフォーマンス）こそ、まさしく「政治的」だとする点にある。

漢意（からごころ）としての作為を極力排し、自然な振る舞いをよしとして、「一切の歴史的所与を所与として肯定する」かにみえた本居宣長の国学に、やはり同じような〈もどき〉としての政治性をみて、丸山眞男は「近世日本政治思想における「自然」と「作為」」のなかで、つぎのようにいっている。(7)

封建社会は果たしてこの承認(現状肯定的な宣長の姿勢—引用者)の上に晏如たりえようか。否。何故ならそこでは現秩序に対する反抗が否認されると同時に、その絶対性の保証もまた拒否されるからである。「今の世は今の御法を畏」むけれども、一たび時代変ずれば、新たなる支配形態はやはりその時に於ける「神の御命」として承認されねばならぬ。(傍点原文)

そのときどきの政治への無条件の信任が、てのひらをかえすように、いっきに不信任へと転じてしまうこの逆説に、「政治的な問題を省いて、主題を男女の関係にしぼった」(柄谷)とされる『源氏物語』と同質の、たぶんにプラグマティック(臨機応変、もしくは場あたり的)な広義の政治性をみてとることができよう。丸山によれば、こうした宣長の「一切の歴史的所与を所与としてすなおに肯定する」態度を被治者のそれとして、一方に、政治制度の作為性を主張した荻生徂徠の「古文辞学」がおかれていた。「この宣長のディアレクティーク(弁証法=引用者注）こそ外ならぬ徂徠の主体的作為のそれではなかったか」とされるように、作為を重んじた徂徠の治者の立場からする主張への、ささやかな対抗（オルタナティブ）としていわれたものなのであった。

これと同じ図式を、『愚管抄』と『今鏡』との間にも、見てとりたい。「カタカナ」に〈起源〉の「音声」を見たからといって、『愚管抄』の歴史語りが、歴史の真の姿を的確にとらえたわけではない。その特異な「道理史観」も、漢籍文献から導き出された、どちらかといえば理念先行型の頭でっかち。宣長にいわせれば、それこそ漢意（からごころ）、仏意（ほとけごころ）のさかしらだ。

「図」と「地」の反転図式で言えば、「地」に沈んで目立たないものの、父系と母系とが仲良く共存する「双系制」のもとで、人々の具体個別の言動を「男女の問題、愛の問題だけに限定」し、それにともなう風流韻事のあれこれに、ただひたすら淫することも、一つの歴史たりうる。状況がよくわからず、とりとめのないオシャベリばかりしているようでいて、むしろそちらのほうが、政局をはずれた立場に身を置く人々の、どこかニヒルで、なげやりな、それでいて我関せずのささやかな、あえて言えばアナーキーな主体性の見て取れる、その歴史の真実を、正しく伝えたことになるのかもしれない。たとえば柳田国男が、その晩年に見いだした「常民」の姿と、それは似ていなくもない。

柳田国男の考える「常民」は、異質な他者を排除する閉鎖的な共同体を基本としたもので、排他的でよろしくないとの評価が一般的だ。だがそうした見方は、柳田の「常民」が、今日(きょうび)はやりの「国際化」や「グローバリズム」の戦前版ともいうべき、「近代の超克」論争や、京都学派が主唱する「世界史の哲学＝大東亜共栄圏」構想への、ささやかな対抗(オルタナティブ)として言われた、その〈もどき〉であったという事情を、すっかり忘れているとして(もちろん〈もどき〉の語を用いてはいないが)、柄谷はまた次のように述べている。(8)

風景の発見はいわば常民の発見である。だが、これは、逆に、常民がなんらかの歴史的主体ではなく、ただ「作る」あるいは「耕す」という動詞形においてのみあるということを意味する。柳田にとって、たとえば常民を自立させるなどということは形容矛盾にすぎない。常民とは、「絵に描くことの出来ぬ風景」、「歌にならない人間の感覚」と同じであって、画家や詩人が既成のパターンを破って実在を開示するように、歴史家がたえず発見しなおしていかねばならぬ歴史なのだ。以前は常民はいたが今はいなくなりつつある、などというのは馬鹿げた考えなので、われわれはそれを人間の実践―必要(必然)にせまられ且つそれと知らずに累積的に人間と自然を変えて行く実践として、すなわち動詞形においてみなければならない。そこにおいてはじめて、常民は真の意味で歴史なのであり、それは「常

民が歴史を動かす」とか「常民は歴史に埋没している」とかいうような考えとはまったく無縁なのである。(傍点原文)

「ルビンの壺絵」では、「図」と「地」の反転がしばしば起こる。それに対して「常民」は持続的で確固とした基盤を形成するものとしてあり、常に「地」に沈んでいて、それを「図」として浮かび上がらせるのは容易でない。ここで柄谷はそのことを言っている。「地」に沈んで目立たないものの、それがなければ「図」自体も成り立たない。柳田のいう「常民」とはそうしたものなのだ。

それと同じに、人々の言動それ自体が歴史であるような、そうした歴史のとらえ方が、おのずからに持ってしまう〈もどき〉の効果を、それと自覚することなく実践したテキストとして、『今鏡』をとらえたい。その、一見とりとめのないオシャ

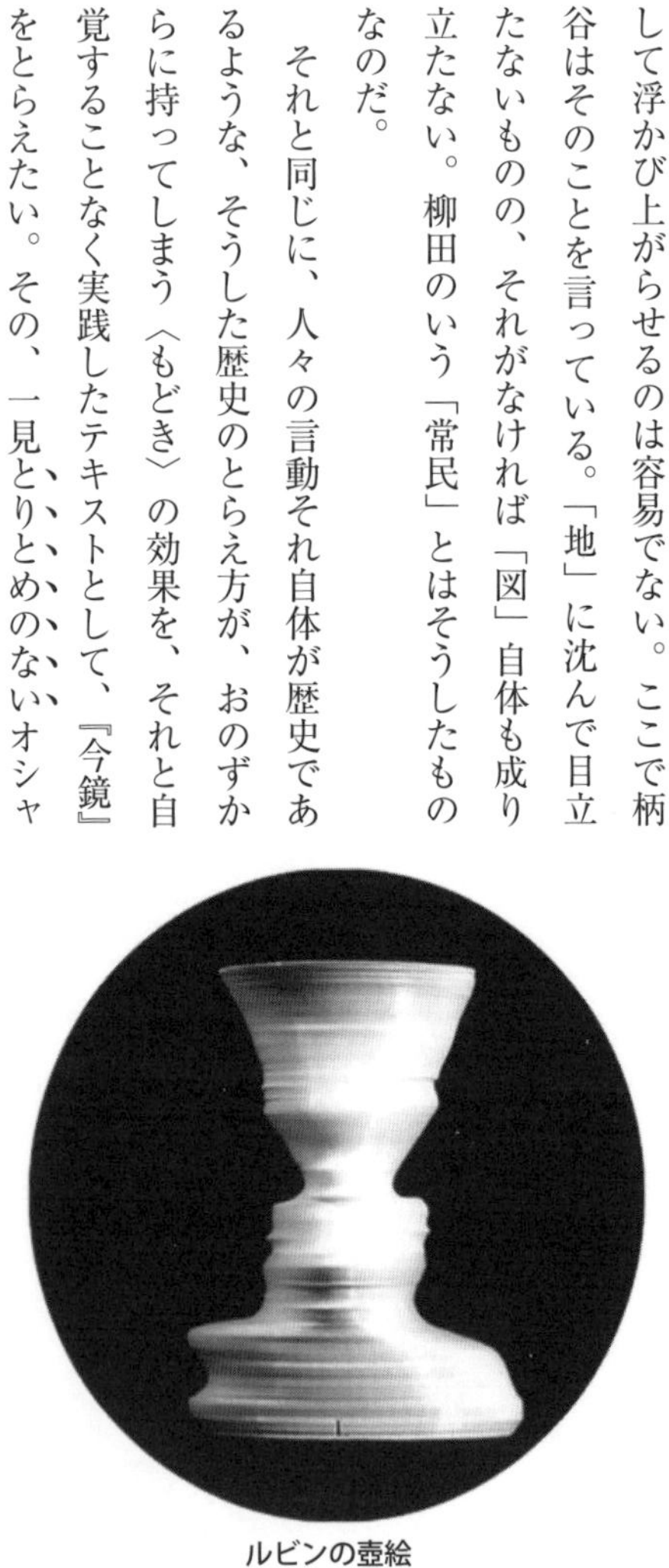

ルビンの壺絵

べりが、そのままに「歴史」であるような。

注

（1）折口信夫「翁の発生」（『日本芸能史六講』講談社学術文庫、一九九一）165頁。
（2）原文は「我が世」につくる。日本の国歌「君が代」にからめる意図であえて「我が代」ともどき、表記を変えて示した。
（3）陶山裕有子「歴史語りにおける語り手の記憶と記録」（『物語研究』9、二〇〇九）など。
（4）「双系制」については、柄谷行人「双系制をめぐって」（『〈戦前〉の思考』所収）を参照のこと。日本は父系による抑圧を欠いた母系との「双系制」で、それが漢字仮名交じり文と連動して、外来のものをなんでも受け入れる文化受容装置として機能しているとのユニークな文化論を柄谷は展開している。
（5）『愚管抄』の後を引き継ぐ形で北畠親房の『神皇正統記』もまた、「記紀神話」に依拠することで「万世一系」の系譜的つながりをたどり、皇室によって担われる教義や世界観を構築し、そのイデオロギー的な「正統」観念の立ち上げに寄与している。
（6）柄谷行人「文字論」（『〈戦前〉の思考』講談社学術文庫、二〇〇一）155頁。

（7）丸山眞男「近世日本政治思想における「自然」と「作為」」（『丸山眞男集』第二巻、岩波書店、一九九六）80頁。

（8）柄谷行人『柳田国男論』（インスクリプト、二〇一三）232頁。

追記：ざっくばらんな行文――すなわちみずからが〈もどき〉であること――を意図して、本稿では、先行研究にそのつど言及することをしなかった。『今鏡』以下の、引用本文の出典明示も、これを省いた。そのつどの言及はないものの、本稿のなるにあたっては、『歴史物語講座』全七巻（風間書房）に収められた諸論考をはじめ、保元・平治の乱のあつかいについいは、板橋倫行、松園宣郎、大木正義、『水鏡』の『愚管抄』とのかかわりについては河北騰、風流韻事のもつ政治性については加納重文、母系の系譜への着眼については陶山裕有子らの諸氏の論考に多くを負っており、それら諸先学の多大な学恩に感謝したい。

王権論の方へ

【第四エペイソディオン】

グローバル資本主義のもとに生きる〈縁〉なき衆生は、いかなるフェティッシュを夢見るか？

《大会印象記》

以下の文章は、東京学芸大学において二〇一八年十二月二日に開催された、日本文学協会第七十三回大会における**シンポジウム「文学における〈公〉と〈私〉」**によせた「大会印象記」である。当日は、古代文学の領域から多田一臣氏が「「私」の発見」と題して、中世文学の領域からは佐倉由泰氏が「動態としての公権―物語との相関をめぐって―」と題して、近代文学の領域からは梛沢健氏が「プロレタリア文学に息づく「小唄」の集団性」と題して、それぞれに基調報告を行う予定であった。しかし文中にも言及したように、その内のお一人が体調を崩して演壇で昏倒し、救急車で搬送されるという不測の事態が出来した（その後回復して無事に帰宅した）。そうした事情もあって、十分な討論の尽くされないまま「印象記」の執筆を依頼され、あわただしく書かれた文章であることを、ここに申し添えておく。
なお当該シンポジウムの詳細については『日本文学』68―4（二〇一九・四）誌上において総括がされているのでそちらを参照してほしい。

二項対立として〈公〉と〈私〉を立てるとしたら、そこにメビウスの輪にも似たねじれ構造のあることを忘れてなるまい。『啓蒙とは何か』においてカントは、理性の公的使用と私的使用の違いを強調する。市民社会を支える組織体の、その構成員の立場からする「公務」は、いずれにしろ理性の私的使用にほかならず、ゆえに様々な制約が課せられる。そうした構成員の立場から自由に、一個の学者（＝知的探求者）の資格で発言し行動するとき、一切の制約から解き放たれた理性の公的使用がはじめて可能になる、と。

市民社会（それはしばしば近代の国民国家(ネーションステート)と重なる）の枠組みから自由な、「世界市民」という発想がここから生まれてくる。だがその「世界市民」も、それとは対極に位置する有象無象(マルチチュード)の群衆にマルクス主義左翼の立場から見果てぬ夢を託したネグリ&ハートが、その著『帝国』において批判的に描きだしてみせたように、いまではグローバルな新自由主義(ネオリベラリズム)の論理へと回収され、その主要な駆動装置(エージェント)となって、厚顔無恥な姿をさらしている。

こうした現下の趨勢にあらがって、いままた〈公〉と〈私〉の二項対立を立てるとするなら、文学研究の立場からどのような対抗軸を打ちだせるのか。そんな期待を抱いて参加したシンポジウムであったが、途中思わぬアクシデントもあって、充分に熟した議論のなされなかったことが残念であった。

ともあれ発題は時代順になされ、まず多田一臣氏が〈私〉を否定的なものととらえる漢語や日本語の語義に触れ、「私度」の語を、より積極的な「自度」の語に置き換えた点に、自身も「私度僧」の境涯にあった『霊異記』の著者景戒（きょうかい）の矜持を見るとの発題を行った。人はひとりで生きられない。必ずやいずれかの共同体の〈縁〉につながれ、はじめて活かされる。しかし共同体は一方で、その内部に抑圧と排除の論理を抱え持つ。ゆえにそこから零れ落ち、漏れ出てしまった剥き出しの「個」は、行き場を失う。その救済へ向け書かれたテキストが『霊異記』であったとする。

ついで佐倉由泰氏は、私的利害のせめぎ合う戦国乱世のさなか、見失われた〈公〉を再度打ち立てる試みとして、天下統一へ向けての織田信長や豊臣秀吉の闘いの軌跡を跡付けた『信長公記』や『天正記』のテキストを位置づけ、網野史学にいう〈無縁〉や「楽市」「楽座」に象徴される「なめらかな交通」の可能性をそこに見てとる。様々な物財を次々と繰り出し、網羅していく「往来物」風の記述は、まさしく自由市場（フリーマーケット）の様相を呈しており、新たな〈公〉の可能性を、その記述のうちに見てとろうとの意図と思われた。

最後は、歌うことしか表現の手立てを持たぬ、文字以前の境涯に捨て置かれた子守り女や女工などの社会的弱者の、書記言語（エクリチュール）とは〈無縁〉の「声（パロール）」をいかにして救い上げ、表象代行していくのか、その試みの一端としてプロレタリア文学をあつかった楜沢健氏の発題があった。

その後の議論のやり取りで気になった点がひとつ。それぞれのテキストに描き出された〈公〉と〈私〉をめぐる確執が、いわゆる「史実」としての歴史的実態をそのままになぞり、模倣再現したかのような扱いがされていて、いささか戸惑った。当時の社会がどうであったか、その実態の解明は歴史学や社会学の徒に任せよう。そのようなものとして当時の社会を描き出すことで、個々のテキストがいったい何をしようとしたのかという言葉の行為遂行的（パフォーマティブ）な面にこそ、むしろ焦点化すべきではなかったか。

たとえば網野史学にいう〈無縁〉の空間は、平泉澄がドイツの歴史学に学んで日本に持ち帰った「アジール（避難所）」の概念に想を得たものだ。それゆえ、平泉史学がその最終的な帰着点（セーフティネット）を、超国家主義下の近代天皇制に求めたのと平仄を合わせるかのように、網野史学もまた、中世の天皇（くしくもそれが戦後の象徴天皇制を思わせる「異形の王権」という形をとったにしても）へと収斂させる。網野史学に依拠しつつ創られたジブリアニメ『もののけ姫』の描く「たたら場」は、まさにそうした「無縁＝アジール」としての空間特性を有していて、ミカドや、それが体現する、もはやなく／いまだない、非在の〈公〉との、いささかあやうい〈縁〉につながれている。

もはやなく／いまだないからこそ、物神（フェティッシュ）化されたそれは、強烈なオーラを帯びて人々を魅了する。ハーバマスによれば、いまだない「未完のプロジェクト」としての〈近代〉を完遂させるのが、近代社会を生きる私たちの、使命なのだそうな。だがその近代（モデルネ）なる理念が今までに成し遂げてきたことはといえば、個人と国家との間に介在する様々な中間集団を余計な夾雑物（たとえば封建遺制としての家制度や階級社会、職能集団など）として排除し、解体消滅させていった過程ではなかったか。そのようにして一旦は〈無縁〉の境涯へと追いやられたバラバラの「個」を、今度は〈公〉を僭称する国家が直接に人頭支配していく。さらにはグローバルな市場経済の匿名化されたパーツと化していく。

ルソーのいう「一般意志」もまた、アンシャン・レジーム期の様々な中間集団の利害を代弁するとされた「特殊意志」や、その総和としての共和制的な「全体意志」に対抗し、それを超えるものとして立てられ物神（フェティッシュ）化された作業仮説であった。だが、個人であれ、集団であれ、様々な利害得失への顧慮を否定して、全体の福利厚生や安寧秩序のために発動される「一般意志」は、それを体現し、代弁すると詐称する特定の個人や国家に私物化されるとき、ロベスピエールがそうであったように、恐怖の独裁政治を生み出す。そのような独裁者や独裁国家のなすことは決まっていて、「特殊意志」やその総和としての「全体意志」の現われとしてレッテル貼りされた哀れな個人や集団を、私的利害の追随者として指弾し、反革命分子として容赦なく粛清してやまない、旧共産圏において常態化していた、あの〈正義〉の暴力のあからさまな行使へと行きつく。

〈正義〉の暴力といえば、ロールズの『正義論』にいう「無知のヴェール」もくわせものだ。中間集団への帰属によって得られる階級的利害や社会的地位、学歴や職歴、人種や性別などの夾雑物を見えないものとして一旦取りのぞき、素っ裸の〈無縁〉の立場から、当為としてのかくあるべき理想社会（ユートピア）を探り出そうとする、なんのことはない、ルソーの「一般意志」と同質の、これまた物神化（フェティッシュ）された作業仮説なのであった。

人はみな、最期には、この世のすべての〈縁〉から根こそぎもぎ離され、ひとり孤独に死んでいく。せめてもの慰めに、あの世での神や仏への〈結縁〉を夢見たところでなんになろうとの諦めの境地から、折り返し考えていくことが必要ではなかろうか。そんな想いを抱きつつ、寒風吹きすさぶ、たそがれのキャンパスを後にした。

【第四スタシモン】

頼朝の二つの顔
——『貞永式目』から読む『曽我物語』

なんだか斯(こ)んな聲が聞こえたやうな氣がした。

「もう眠れないぞ。マクベスは眠(ねむり)を殺した。」

（『マクベス』第二幕第二場より）


曽我兄弟の「仇討ち」を、今では多くの人が知らない。江戸三座（中村・市村・守田）と呼ばれた芝居小屋で正月恒例の出し物といえば「曽我もの」と決まっていたものを、それがそうでなくなったのは、同じ仇討ちをテーマとした『忠臣蔵』に、お株を取られたからであろうか(1)。竹田出雲他二名の作になる『仮名手本忠臣蔵』が初演されたのは寛延元（一七四八）年のこと。大坂は竹本座の浄瑠璃人形芝居として、まずは舞台にかけられた。が、翌年には早くも生身の役者が演ずる歌舞伎仕立てに移し替えられ、京の中村松兵衛座、大坂の角の芝居、そして江戸の三座でも、それぞれに役者を違えて、互いに競い合うかのように演じられ、爆発的な当たりを採った。播州赤穂から京山科、そして江戸の本所松坂町へと全国規模の広がりを持つ『忠臣蔵』の世界に比べ、伊豆や相模に舞台の限られる曽我兄弟の仇討ちは、いかにもローカルで、関東の地を離れては、一般性を持ちえなかったのであろう。

赤穂浪士による吉良邸討ち入りの是非については、当時の知識人士たちの間で賛否両論、激しい論争が交わされた。神道家や国学者は「喧嘩両成敗」の観点から、これを正当な「仇討ち」と認め、おおむね好意的な反応を示した。だが、儒学者の中には、その「名」に見合った行動を求める「正名論」の立場から、幕府の裁定にあらがう「謀叛」の企てと、これに否定的な評価を下すものもあった。たとえば荻生徂徠は、殿中で刃傷におよんだ浅野内匠頭の行動を軽挙妄動の極みと指弾し、その意を酌んでなされた吉良邸討ち入りに至っては、「その君の邪志を継ぐと謂ふべきなり」と断じて、これに批判的な態度で臨んだ。[2] 一方、徂徠に師事した太宰春台は、殿中で殺害行為に及べば死罪だが、浅野の場合は殺害にまで至っておらず、にもかかわらず浅野を死罪とした幕府の処遇が問題で、そのバランスを欠いた量刑のありかたを、まずは糺すべきだとした。山崎闇斎学派の佐藤直方もまた、切腹を命じて内匠頭を死に至らしめたのは幕府であって吉良ではない。ならば仇討ちの相手として吉良を討ちはたしたのは、その向かうべき方向を誤っていると、いささか不穏な論を展開した。(3)

ところで曽我兄弟の「仇討ち」をめぐっては、同じような論争のあったことを知らない。唯一『曽我物語』のテキストの、今に残されてあるのみである。ならばその仇討ちの是非をめぐっては、どのような価値判断が、当の『曽我物語』の中でなされているのだろうか。

注意すべきは、現行テキストとして最も古い形を残す真名本『曽我物語』の成立が、後醍醐天皇の登場した元亨から元弘(一三二一〜一三三三)にかけての鎌倉末期とされ、それより三十年ほど前の永仁の末か正安頃(一二九三〜一三〇一)の成立とされる『吾妻鏡』の兄弟の仇討ち関係の記述と、その成立時期が近接していることだ。ミネルヴァの梟(ふくろう)よろしく、どちらも事がそろそろ終わりに近づいたころの、反省的な振り返りのテキストとしての性格が色濃いことから、その成立の前後を逆にして、虎御前に代表される巫女たちに担われた唱導文芸としての「原(ウル)・曽我物語」ともいうべき語り物のテキストが、真名本『曽我物語』に先んじて存在しており、それを踏まえて、『吾妻鏡』の曽我兄弟関連記事は書かれたとする説が、現時点でも有力視されている。(4)

鎌倉幕府草創期の一大事件を語る二つのテキストは、ことほどさように緊密な相互補完関係に置かれているのだが、存在しない幻のテキストを想定しての成立論議には、ここでは立ち入らない。また最近では坂井孝一が『曽我物語の史的研究』において行っているような歴史学の立場からする「真相」の解明や、当時の政治的背景を明らかにしようとするのでもない。『吾妻鏡』と『曽我物語』の両テキストに共通してみられる、鎌倉幕府の法令集『貞永式目』との係わりを、本稿では問題にしてみたい。(5)

『吾妻鏡』は、その歴史叙述の中で『貞永式目』(一二三二年施行)の条文をしばしば引照しており、あたかも式目条文について具体的事案を示した「判例集」のような趣を呈している。(6)それと同じく『曽我物語』もまた、『貞永式目』の条文、中でも第九条「謀叛人の事」、および第十条「殺害、刃傷罪科の事」に対する〈注釈〉として、つまりはそのひとつの「判例」としても読むことのできるテキストなのだ。(7)

一　式目第九条、第十条の立項意図について

第三代執権北条泰時を首班とし、鎌倉在住の法曹官僚の協力を得て成立した『貞永式目』の、そもそもの編纂意図は、第十六条「承久兵乱の時、没収の地の事」、および同十七条「同じき時の合戦の罪科、父子各別(かくべつ)の事」に示されている。「承久の乱」に際し、京方に付いて幕府へ

の敵対＝謀叛を疑われ、所領没収の憂き目をみたものへの権利回復が、その立法の主たる目的であった[8]。乱後すでに十年を経て、かつての敵対関係を解消すべく、幕府との主従関係にない西国武士についてはその所領の領有権をおおむね認め、幕府御家人についても、一族や親類縁者に庇護されて、運よく罪科をまぬがれた者については、この条項により、一族の「所領の内を割き、五分一を没収せらるべし」との寛大な措置がとられた。また父子の間で共謀の意図がなければ、連座の罪を問わないこととした。

当面の目的はそこにあったとして、より抽象度の高い立法の趣旨は、長又高夫が『御成敗式目編纂の基礎的研究』で詳述するように、弟重時（六波羅探題として京に駐留していた）宛てに書かれた、貞永元年八月八日および同年九月十一日付けの北条泰時の書状二通の文面にうかがい知れる[9]。京方の法令に対抗し、関東に独自の法を新たに明文化するにあたっては、識字能力の比喩でもって、その意図が次のように述べられる[10]。

たとへば律令格式は、「真名」を知りて候ふ者のために、やがて「漢字」を見候ふがごとし。「仮名」ばかりを知れる者のためには、「真名」に向かひ候ふときは、人の眼を疾いたるがごとくにて候へば、この式目は只「仮名」を知れる者の世間に多く候ふごとく、あまねく

人に心得やすからせんために、武家の人への計らひのためばかりに候ふ。(九月十一付書状)

式目制定当時の鎌倉武士たちの識字能力は、この書状で「文盲の輩」と名指されているように極めてお粗末で、漢文で書かれ、なおかつ特殊な法曹用語(ジャーゴン)を頻出させる「律令格式」の難解な条文など理解しようもなかった。かくして、「鹿、穴掘りたる山に入りて、知らずしておちいらんがごとく」(八月八日付書状)、一方的に罪に問われて泣きを見ることしばしばであった。だが、「大将殿(=頼朝)の御時、法令(=律令格式)を求めて御成敗など候はず。代々将軍の御時もまたその儀なく候へば、いまもかの御例をまねばれ候ふなり」と、幕府草創以後の処遇の変化に触れ、いままで成文化されてこなかったものの、ここ関東の地で、武士たちの間では当然のこととして、つまりは不文律として行われてきた慣習法的な法理に基づく立法措置を新たに行うことが述べられてくる。つまりは従来のように法の客体に甘んずることなく、自ら法の執行主体たれとの、これは高らかな宣言なのであった。(11)

以上のような立法の趣旨に照らして見たとき、式目第九条「謀叛人の事」の立項の意図が改めて重要視されてくる。その法文は、「右、式目の趣、兼日定めがたきか。且は先例に任せ、且は時議によつてこれを行はるべし」とあって、何らの具体的規定も含んでおらず、つまりは何も言っていないに等しい。

　三浦周行はこの条項の在り方に疑問を抱き、「犯罪の情状と先例とに拠りて処分すべきは、独り謀叛人等に止まるべきにあらず」として、かかる無意味な条文があるのは、式目がその項目数を五十一箇条にあらかじめ定め、数合わせのため無理な立項をした結果ではないかとの見解を示した。五十一箇条の数は聖徳太子『十七条憲法』に倣い、それを天地人三倍した数である。(12)「律令」の法体系に対抗するため、『貞永式目』はその「律令」に先行する『十七条憲法』に先例を求めたわけだが、それはともあれ、三浦周行のこの否定的な意見に対し笠松宏至は、当該条項は次の「殺害、刃傷罪科の事」の前に置かるべき第一の重大犯罪であり、編目の一つとして欠かすことのできぬものであったが、実質的な処分規定を立案し得ぬまま、公布せざるを得なかったのではないかとの立場に立ち、逆にその立項の重要性を強調している。(13)

　双方の主張の食い違いはそれとして、ここでいう「謀叛」の規定は、そもそも誰に対しての、もしくは何に対しての反逆行為を想定したものであったのか。三浦一族の滅ぼされた宝治合戦（宝治元／一二四七年）に際し、「追加法」として出された「謀叛の輩の事」では、「宗たる親類、兄弟等は、子細に及ばず召し取らるべし。その外、京都の雑掌、国々の代官、所従等の事は、御沙汰に及ばずといへども、委しく尋ね明らめ、注申に随ひ、追つて御計らひあるべし」とあり、その「謀叛」が、幕府権力（この争乱で前将軍の九条頼経父子が追放されたのだから、その実質は北条得宗家であった）に敵対するものであったことは明らかだ。ならば式目第九条にいう「謀叛人」も、幕府もしくは将軍権力への反逆行為を想定したものであったのだろうか。

笠松宏至のいうように、これについては次の第十条「殺害、刃傷罪科の事」と係わらせて考えてみる必要がある。いわゆる後に武家法の基本とされた、「喧嘩両成敗」のはしりともいうべき法理を述べた規定である。(14)


右、或は当座の諍論（じやうろん）により、或は遊宴（いうえん）の酔狂（すいきやう）によつて、不慮のほか、もし殺害を犯さばその身を死罪に行はれ、ならびに流刑（るけい）に処せられ、所帯（しよたい）を没収せらるるといへども、その父その子相交（あひ）はらずば、互ひにこれを懸くべからず。

次に刃傷の科（とが）の事、同じくこれに准ずべし。

次に或は子、或は孫、父祖の敵（かたき）を殺害するにおいては、父祖たとひ知らずといへども、その罪に処せらるべし、父祖の憤（いきどお）りを散ぜんがため、たちまち宿意（しゆくい）を遂ぐるの故なり。

次にもしくは人の所職を奪はんと欲し、もしくは人の財宝を取らんがため、殺害を企つるといへども、その父知らざるの由、在状分明（ざいじやうぶんみやう）ならば縁坐（えんざ）に処すべからず。

くりかえし「次に」「次に」と続ける本条には、他の条文の書式と違って文意に著しい錯綜混乱が見られ、いくつかの類似項目を後から補入した結果ではないかと疑われている。[15] それはそれとして、いささか冗長な条項の全文を、いまここに掲出したについては、先の「謀叛人」条項と合わせ、曽我兄弟の「仇討ち」の評価と、それが密接に絡んでくる内容だからである。

仇敵の工藤祐経を討ちはたしたのち、血刀(ちがたな)引っ提げて頼朝の宿所へと迫り、やがて囚われた五郎と、これを尋問するため、その場に臨んだ頼朝により、それぞれ二度、「謀叛」の語が口にされる。仇敵の祐経を討ったのはよいとして、それ以外にも多くの御家人に傷を負わせたのは(いわゆる「十番切り」である)なにゆえかとの頼朝の問いに対し、五郎は傲然と次のように言ってのける。[16]

それこそ理(ことわり)にて候へ。御内へ参てかかる謀叛を起し候ふ程にては、千万騎の侍共をば一人も逃さじとこそ存じ候ひしか(用例⑰)。

【図表I】にみるように、その言葉を引き受けて、次に頼朝が、「汝がこの謀叛を起しける時は、東八ヶ国の内には誰か語らひ（助力を乞い）たりける。正直に申せ（用例⑱）」と、他との共謀の有無を糺し、さらに「この謀叛の事をば母ばかりにや知らせし（用例⑲）」と重ねて問うたのに対し、五郎は、「謀叛を起して敵を討ちに罷り出でむと仕り候はん者が、母に知らせて暇を乞ひ候はむに、その子（の企て）を許す人の母は世の中に候ひなんや（用例⑳）」と、これをきっぱり否定す

文脈	巻数	頁数
御**謀叛**の御企て有て、天下を乱させ給ふ御事あり。	3	159
源三位入道勧め申して**謀叛**を発させ奉る。	3	161
土肥・岡崎・佐々木の人々語らひて**謀叛**をば起されける	3	163
己らはさしも怖しき世の中に**謀叛**を起さむと議り合ふなるは。	4	207
その恩を報ぜんと思はば速やかに**謀叛**の思ひを留むべし。	4	208
あなかしこ**謀叛**の思ひをば起すべからず。	4	209
命が有てこそ**謀叛**をも起されむ。	4	209
鎌倉殿の御耳に入る程ならば、**謀叛**の者の子孫なればとて	5	262
さしも怖しき世の中に**謀叛**を起さんと議り合はるるは。	5	264
我ら**謀叛**を起す程ならば、少しもその行末を知らざらん妻子共	5	268
平治の逆乱の**謀叛**に依て都の内にはあり兼ねつつ	5	272
その故は祖父伊東入道は**謀叛**の身にてありしかば	6	21
謀叛を起しに出でむとてし候ふ子共が、母に知らせて	6	35
謀叛の者の子孫が免しもなく御友したりとて、科められや	7	67
小舅なんどが**謀叛**を起さんに、俱に値遇して我が身を失ひ	7	78
謀叛の者の子孫なれば、許されもなく狩の御友に左右なく推参	7	106
御内へ参てかかる**謀叛**を起し候ふ程にては、千万騎の侍共	9	207
汝がこの**謀叛**を起しける時は、東八ヶ国の内には誰か語らい	9	211
この**謀叛**の事をば母ばかりにや知らせし。	9	211
謀叛を起して敵を討ちに罷り出でむと仕り候はん者ば、	9	212
今はかかる**謀叛**を起しぬれば御科めやあらんずらむ。	10	248
曽我の冠者原の今度の**謀叛**の由をば知らぬか。	10	249
さりともこの**謀叛**を思ひ留めてむものを。恩をせずして	10	252
範頼が侍に条義三郎が**謀叛**の時、由井の浜において人の敵を	10	252

る。

「謀叛」の語が、まずは五郎の口から言い出されていることに注意したい。今般の行為が「謀叛」かどうかの認定も、頼朝ではなく五郎によってなされている。ちなみにテキストのなかで、兄弟に対し「謀叛」の語の初めて使われるのは、幼い兄弟の軽挙妄動を戒めた母親の発言、「まことか。己(おのれ)らはさしも怖(おそれ)しき世の中に謀叛を起さんと議(たばか)り（相談し）合ふなるは（用例④）」においてであるが、それは、頼朝に敵対した兄弟の祖父伊東祐親の、「謀叛人」の立場を引き継

図表Ⅰ　「謀叛」用例一覧　真名本（東洋文庫１・２）

用例番号	謀叛主体	謀叛客体（対象）	発話主体
①	以仁王	安徳天皇（平家政権）	地の文
②	以仁王	安徳天皇（平家政権）	地の文
③	頼朝	安徳天皇（平家政権）	地の文
④	曽我兄弟	頼朝政権	母→兄弟
⑤	曽我兄弟	頼朝政権	母→兄弟
⑥	曽我兄弟	頼朝政権	母→兄弟
⑦	曽我兄弟	頼朝政権	母→兄弟
⑧	祖父祐親	頼朝	五郎→十郎
⑨	曽我兄弟	頼朝政権	母→兄弟
⑩	曽我兄弟	頼朝政権	五郎→十郎
⑪	虎の父	二条天皇（朝廷）	地の文
⑫	祖父祐親	頼朝	十郎→虎
⑬	曽我兄弟	頼朝政権	五郎→十郎
⑭	祖父祐親	頼朝	母→兄弟
⑮	曽我兄弟	頼朝政権	五郎→十郎
⑯	祖父祐親	頼朝	五郎→十郎
⑰	曽我兄弟	頼朝政権	五郎→頼朝
⑱	曽我兄弟	頼朝政権	頼朝→五郎
⑲	曽我兄弟	頼朝政権	頼朝→五郎
⑳	曽我兄弟	頼朝政権	五郎→頼朝
㉑	曽我兄弟	頼朝政権	養父祐信（内言）
㉒	曽我兄弟	頼朝政権	頼朝→祐信
㉓	曽我兄弟	頼朝政権	頼朝（内言）
㉔	範頼	頼朝政権	地の文

いでの物言いであり、かくして五郎の刃の切っ先は、必然的に頼朝へと向かう。なればこそ、頼朝との対論の場での主導権はあくまで五郎の側に置かれており、これを式目第九条「謀叛人の事」に引き当てたなら、その規定はどのように理解され、逆照射されてくるであろうか。

式目第十条「殺害、刃傷罪科の事」については、その同じ場での頼朝と梶原景時の、次のようなやり取りが対応する。確信犯ともいうべき五郎の豪胆な態度に感服した頼朝は、「運尽きて敵のために執(と)（捕）られて後は、（命を助かろうとして）心も替り諂(へつら)ふ詞もあり。（それなのに）この者は少しも邪臆(わるびれ)たる事もなし。これを聞かむ輩はこれを手本と為(な)すべし。邪臆(わるびれ)たる者千人より、かやうの者一人をこそ召し仕はめ。助けばや」と、助命の方向で裁定を下そうとする。だが傍らに控えた梶原がただちにこれに異を唱え、討たれた祐経には遺児として犬房丸がいる。その弟の金法師もまた伊豆の伊東にあって、やがて五郎を親の仇とつけねらい、仇討ちの無限連鎖は終わらない。「されば向後(きやうこう)のために御計らひあるべし」と進言する。[17]「さてこそ五郎時宗は、切られべきに定まりけれ」との決着を見るのである。

式目第十条に、「不慮のほか、もし殺害を犯さばその身を死罪に行はれ、ならびに流刑に処せられ、所帯を没収せらるる」とあったことが思い合わせられよう。

式目十条に示されるこうした「喧嘩両成敗」の規定が重要なのは、やられたらやりかえす、いわゆる血讐（フェーデ）慣行を容認してしまうと、そこからとめどのない暴力の応酬が始まって、人々の平穏な暮らしが脅かされ、世の中の秩序が壊れてしまうからである。ましてや、いきり立った野犬の群れさながら、互いに武装して所領の確保に血眼になっている粗暴極まりなき関東武士団を、平和裡に統率していくのは、決して容易なことではない[18]。為政者にはしたがって、互いに反目する紛争当事者とは一線を画し、そこから一定の距離を置き、不偏不党の立場に立って双方に等分の量刑を課すことで、暴力の無限連鎖をすみやかに抑え込み、終息させるだけの度量が求められる。だが幕府草創期の建久四（一一九三）年五月二十九日のこの時点で、そうした不偏不党の超越的立場から裁定を下す資格が、はたして頼朝にあったのだろうか[19]。

二　『曽我物語』の描き出す姑息で卑小な頼朝像

一介の流人であったときの境涯をそのままに、関東武士団とのかかわりをいまだ計りかねてか、当初の頼朝には、なんとも姑息で卑小な言動が目につく。その端的なあらわれが、しばしば吐露される、伊東祐親とその末裔に対する遺恨の想いであり、なかんずく富士の狩場で見かけた曽我兄弟への恐怖心と、それと裏腹の、精一杯に虚勢を張った次のような悪口雑言なのであった。

誰が免しに（誰の許可を得て）参りたるぞ。召し具したりとこそ覚えね（伺候を指示した覚えはないぞ）。いかさまにも助経を躵ふと覚えたり。

また奴原が有様を見つるに、我が子（千鶴）を失はれし昔の伊東の入道が役（振る舞い）の事が思ひ出でられて、遥かに忘れたりつる我が子の事が思ひ出でられて、安からず（心穏やかでなく）覚ゆるなり。顔魂、言柄（風体）勇し気なる（人並すぐれた）奴原かなと見つるぞ。

尋ね合ひて（兄弟を探し出して）云はむずる様は、「いづれも同じ宮仕へなれば、（鎌倉の将軍家の）御屋形に大事の物の具あり。思し食し計らはせ給ふ（お目を懸けて下さる）事もあるべし。（鎌倉に赴いて）御留守の役を仕りつつ用心禁しくせよ」と云ひ含むべし。かやうに誑し（騙して）置きて後、（お前が兄弟を）鎌倉へ引き具して、由井の浜にて切るべし。

また助経にもこの由を触れよ。尾籠（手ぬかり）あらすな。

これは所詮、曽我兄弟が仇とねらう祐経と、同じレベルに立ってのもの言いでしかない。この時点での頼朝は、祐経と互いに分身関係にあって、所領の継承権をめぐり同族相争う対立抗争の渦中にいまだ身を置きつつ、姑息な手段で兄弟を「返り討ち」にしようと企てる一介の党派的な立場へと、自らの存在をおとしめている。「喧嘩両成敗」の裁定を下す側ではなく、「喧嘩両成敗」の対象として、むしろ裁定を下される側に身を置いてしまっているのである。(20)

梶原景季を使いに立ててのその騙しのレトリックは、したがって、「咹鳴借（馬鹿げた）の梶原源太左衛門が我らを誑さむと思ひたる顔様の事よさげさよ（すまし返ったことよ）。何の勧賞に（褒美として）か、かやうの仰せあるべき」と、たちまちその虚偽を兄弟に見破られてしまう。しかも頼朝の、この義に悖る嘘デタラメの発言は、十郎を酒宴に招いて自らの潔白を滔々とまくし立てる仇敵祐経の、次の言葉と、あたかも平仄を合わすように、テキストの内に位置づけられている。

> 殿原の父河津殿、伊豆奥野の狩庭返りの時、流矢に中りて失せ給ひし折節、在京して子細も知らぬ（この）助経が所為なりとて、誤りもなき郎等共（大見小藤太・八幡三郎）を（伊藤入道殿が）誅せられ奉り候ひき。そのころ（その狩の時）、武蔵、相模、伊豆、駿河の若殿原太多打越えられたりける中に、宿意（かねてからの恨み）ある者やありけん。また、狩師多き中なれば、尾超の矢（峰越しの流れ矢）にやありけん。凡て（私には）思ひ寄らずして候ひし事を〈下略〉。

その祐経の、自己正当化の長口舌を聞きながら、十郎は、「かく云はん事も只今ばかりなり。この口、二時三時が内に刵（裂）かんずるものを」と、心の内で歯噛みする。[21] その夜半、見事に祐経を討ちはたした兄弟は、後日の聞こえを慮って、とどめを差すためわざわざ立ち返り、「拳も刀も通れ通れと三刀ばかり差す程に、余りに手重く（何度も何度も）差されて口と耳と一つになりにけり。さてこそ、後日の実見の時は、口を割かれたりけるとや沙汰（噂）はありけれ」との凄惨な結末が用意される。[22]

ならば、まさしく巧言令色、鮮し仁、巧みに言葉を弄して口先だけの嘘デタラメを言い、結果その口を裂かれべき本当の相手は、いったい誰であったか、自ずと知れよう。[23]

事の発端は頼朝が、兄弟の祖父祐親の娘とよしみを通じ、男子を儲けたことにあった。内裏警護の大番役として在京していた祐親は、久方ぶりに帰参してそのことを知り、平家（祐親は平重盛に伺候していたらしい）への聞こえをはばかって頼朝の子を淵に沈める。さらには、「この兵衛佐殿は、一定（きっと我が家にとって）末代の敵となり給ひなん」との危惧の念から、後顧の憂いを絶つべく、頼朝の在所に討手を差し向ける。関東に自立して、平家に主導された朝廷権力への屈辱的な奉仕を拒否するまでの覇気を祐親に期待するのは、この時点ではまだ無理がある。いかに過酷に見えようと、祐親のような対処の仕方は、当時の関東武士団が自己保身のために共通に抱え持つジレンマとしてあった。[24]

一方頼朝はといえば、危機一髪のところを北条の館に逃げ込んで、「一旦の命の惜しさに打ち憑(たの)みて（ここを頼って）来たるなり。助けよ」と泣く泣く懇願し、かろうじてその一命をとりとめる。とはいえ殺された男子は祐親にとっても孫になり、ならば頼朝は、その歓迎されざる婿として、骨肉相食む一族の内紛に巻き込まれたわけだ。ならば関東に覇を唱えてのち、祐経を殊のほか重用したのも、内部対立を抱え込んだ伊東一族の一員として、その片方にだけ肩入れするアンバランスな処遇でしかなかったといえよう。

血刀引っさげて猛然と迫りくる五郎に対し、征夷大将軍ともあろう者が、ぶざまにあわてふためき、「御腹巻に御帯刀を取て樋(つ)と出でむと仕(せ)させ給ふ」と、その卑小な姿がきわだつ。対論の場に臨んでも、その直前まで「咹程(あれ)の猛(たけ)き迄癩(ふてかったい)の様なる者に悪口せられて全(せん)（詮）なし」と劣勢に立たされたまま、掲出した【図A】でいえば、兄弟と同等の【Ⅱ】の水準にいまだとどまり、不偏不党の超越的な立場から「喧嘩両成敗」の裁定を下す【Ⅰ】の地位には至っていない。[25]

なればこそというべきか、頼朝の分身であり、その半身でもある祐経には、頼朝に代わる公正な裁定者としての立ち居振る舞いが、たとえそれが擬制的なポーズであったにせよ、率先して求められた。敵討ちの場にたまたま居合わせ、巻き添えをくって不運にも斬り殺された王藤内もまた、祐経のそうした裁定により、恩恵をこうむった一人であった。自らの不遇の境地に重ね合わせて王藤内に同情を寄せる五郎の言葉に、そうした経緯が次のように示される。

> 哀れ（ああ）、世の中に物思う者は、我らより外にはまた世にあらじと思ひ候ふに、さてもなほも（ほかにも劣らぬ者が）候ふ者かな。左衛門尉と同宿し候ふ備前の国の住人に貴備津（きびつ）の宮往藤内は、今年

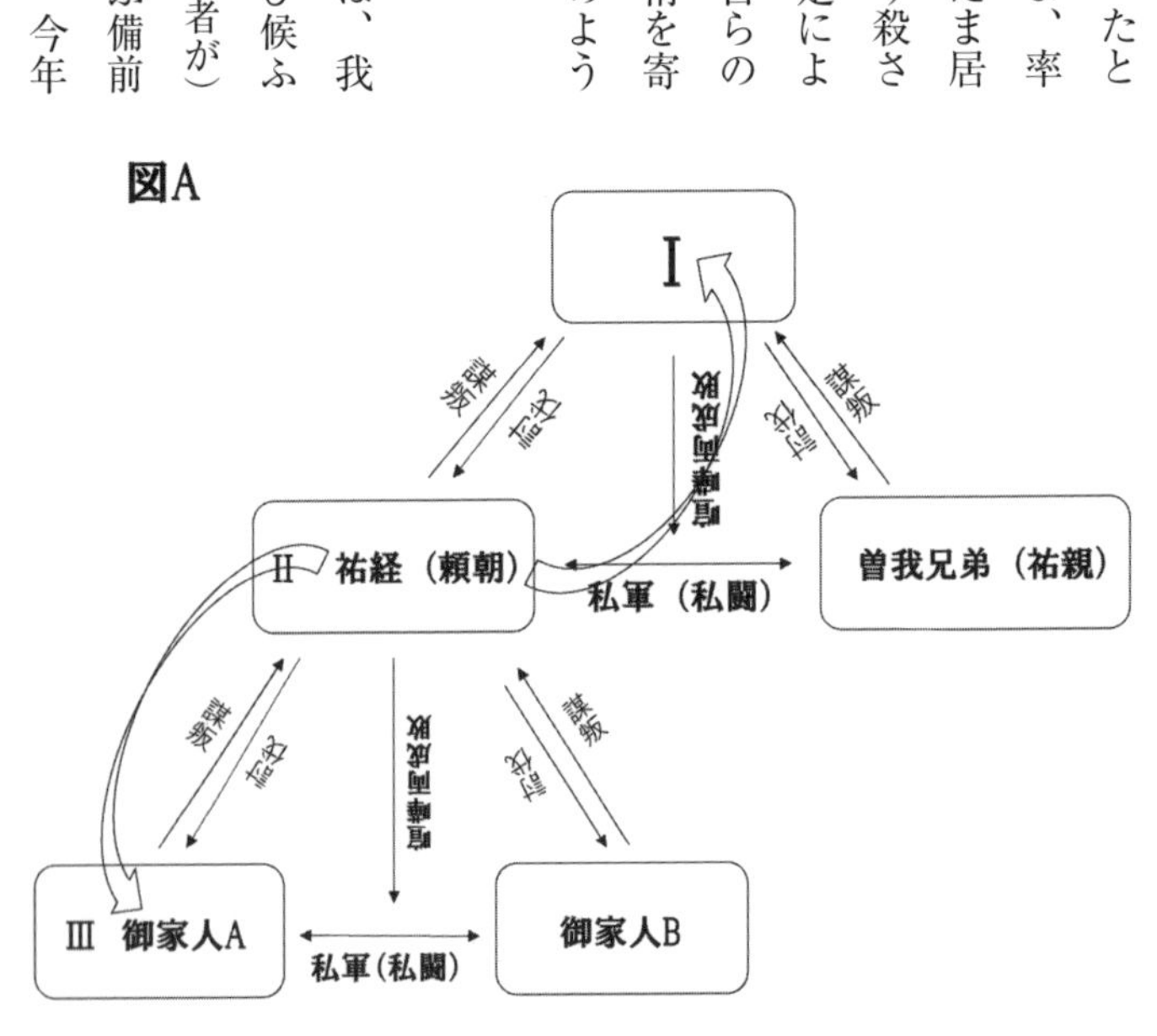

まで七箇年の間所領を召し込められつつ、皆召され候ひしに、適ま御勘当を免りて下る者が、余りに（助経に）追従して神原（蒲原）より（富士野まで）打還りつつ、（そのため、今ここで）我らが手に懸て定めて失せんずる者かな。

これに対し十郎は、「往藤内は、差して我らが敵にてあらばこそ。逃げば許してん」と答える。だが逃げるどころか、王藤内はわざわざ仇討ちの現場に立ち戻り、「夜中の戯れは骨なしよ（無法だ）。曽我の者共とこそ見れ。後日の沙汰（取り調べ）の時諍ふまじ（言い逃れすまいぞ）」と抗弁し、逆に兄弟を挑発する。「沙汰（＝訴訟裁判）」の埒外に身を置く兄弟であってみれば、こうした発言は笑止千万。もとより「沙汰に及ばず（当たり前だ、何を言うか）」とて、十郎の「踊り懸て打つ太刀に、左の肩より右の乳の下へ打懸けられて低様に辷ぶ処を」、五郎がまた「踊り懸て両の膝を懸けず刎てけり」といった、五体バラバラのなんともぶざまな末路を迎えるのであった(26)。

頼朝との対論の後、死罪と定まった五郎の身柄を預かり、わざと鈍刀を用いてその首を掻き切る残忍な刑罰を行って、衆人から爪はじきされ、ついには狂い死にしたとされる筑紫の仲太なる人物もまた、「左衛門尉に付て（助経を通して）本領を訴詔（訟）しけるが」、頼みの綱の祐経が討たれて叶わなくなった意趣返しとして、そうした非道な行為に及んだのであった。

　頼朝の代官のような資格で祐経が任されていた、王藤内や筑紫の仲太への寛大を装った対応（そこでは当然のこと賄賂の授受もあったろう）は、源平の争乱による平家没官領の後処理であって、『貞永式目』が目指した、承久の乱を経て十年後のそれとは、もとより時代も違うし状況も違う。とはいえ『曽我物語』のテキストは、北条政子の夢買いの逸話を語る文脈で、「正治(しゃうぢ)元年（頼朝が）逝去ありしかば、その後家として、二位家(け)（万寿御前＝政子）の御代とて、承久兵乱の時も京方を討ち亡ぼしつつ、後鳥羽の院を取り（捕え）奉て隠岐(おき)の国へ流し奉り給ふ」と、わざわざ時間を先取りしてまで、その後の承久の乱の帰趨に言及しており、先に見た、京方への加担を疑われ、所領を没収された西国武士たちの権利回復を謳う式目第十六条「承久兵乱の時、没収の地の事」、および第十七条「同じき時の合戦の罪科、父子各別(かくべつ)の事」との意図的な重ね合わせを、そこに見てとることも出来るはずだ[27]。

　実のところ、公正な裁定者として振る舞う祐経に任せられたのは、「ミヤコの法理」と「東国の法理」の違いによる両者の矛盾葛藤にどう対処し、その双方をどう擦り合わせたらよいかという困難な課題なのであった。

　叔父祐親に伊東・河津の両所を横領された祐経は、本家の大宮大進遠頼朝臣(おおみやのだいしんとおよりのあそん)を通じて朝廷に何度も訴えを起こす。だが祐親も賄賂を贈るなどしてこれに対抗し、一向に埒が明かない。(28)結果、「我身は在京なれば朝暮に訴詔を至す間、道理は遁（のが）れ難ければ、所帯（所領）においては半分づつ知行すべき由の本家大宮の領司、ならびに領家の御教書（みげうしょ）を賜て本国へ下向」ぜざるをえなくなる。

はなはだ不本意なこの裁定を不服として、祐経は実力行使に打って出る。おのれの郎党に、祐親・祐通父子の暗殺を命じたのである。ならば祐経は（そして頼朝もまた）、次に示す「ミヤコの法理」と「東国の法理」との双方に二股かけた、どっちつかずの両義的な存在として兄弟と向き合うことを、はじめから宿命付けられていたといえよう。

東国の法理／「武力」による自力救済（自然法・開発領主・一所懸命・血讐慣行・一味同心）

VS

ミヤコの法理／「文書」による訴訟争論（実定法・本家・領家・蔵人所・宣旨・記録所・問注）

頼朝に代わり「ミヤコの法理」の裁定者として振る舞う祐経のその立ち位置は、【図A】でいえば【Ⅰ】のように見えて、実際は【Ⅱ】の水準にいまだとどまる。ならば実定法的な「ミヤコの法理」の埒外にあって、自然法的な「東国の法理」としての万人の万人による闘争（ホッブス）のうちにどっぷりと身を浸す曽我兄弟の側からすれば、祐経の実定法的なその立場はなんらの効力も持ちえない。不羈奔放というべきか、山野を駆けて獲物をしつこくつけ狙う、多分にアナーキーな狩猟民の面持ちを、兄弟のうちに見てとることが肝要である。[29]

一方、仇敵の祐親は頼朝によりすでに誅殺され、その遺領の伊東の荘も河津の荘もすべて手中に収めたいま、祐経には、兄弟の父祐通だけを不本意にも誤って射殺（いころ）した「負い目」が残る。その負債ゆえ、絶えず命をねらわれる「仇持ち」の身となった祐経は（そして頼朝もまた）、マクベスの台詞よろしく、自らの安らかな眠りを未来永劫にわたり「殺した」のだ。[30] なればこそというべきか、狩場にありながら遊女と遊びたわむれ、したたかに酔って手越（たごし）の少将と同衾し、前後不覚に寝入ったまま、目覚める間もなく討ち果されてしまったのは、なんとも皮肉な結末を、テキストは仕組んだものである。[31]

三　自らの半身（＝祐経）を切り捨てる頼朝

『曽我物語』の諸本には、大きく分けて真名本と仮名本（流布本）の系統があり、先にも述べたように真名本は鎌倉末期の成立だが、仮名本系の諸本はそれよりずっと遅れて室町期、さらには江戸期に入ってからの成立とされる。そして真名本と仮名本とでは、頼朝像の描き方がずいぶんと違っている。祐経の放った刺客により兄弟の父祐通が射殺された伊豆奥山の狩場でのあつかいに、それは端的な形で示される。

狩の余興に相撲をとろうということになって、いくつもの番組が進むうち、ひとり勝ち誇った俣野の五郎に対し、最後に兄弟の父祐通が挑む。その祐通に手玉に取られ、恥をかかされた俣野は、たちまちけしきばみ、あわや合戦に及ぶかという緊迫した場面が、「或いは俣野が方へ付く者もあり。或いは河津が方に寄る人もあり。五百余騎の人々、雑と両手に引き分れたり。昔武士の習ひにて借染（仮初）の行（ちょっとした外出）にも物具を放さざりければ、各々甲冑を綴ひ、弓箭を帯して両陣の間、僅かに二段（二十メートル）ばかりを隔てて時（鬨の声）を三ケ度までぞ作たりける」というように描かれる。[32]

客人として招かれて、たまたまその場に居合わせた頼朝は、真名本ではこの緊迫した状況にあわてふためき、「哀れなる（情けない）世の習ひかな。奴原が心のままに伇（振舞）ふこそ安からね。帰命頂礼八幡大菩薩、願はくは頼朝が思ふ本意を遂げしめ給へ」となすすべもなく、ただひたすら神仏に祈るしかない卑小な存在として描かれる。そんな頼朝を尻目に、その場を収めたのは、俣野の側からは懐島の平権守景義（俣野の兄で大庭平太の名でも呼ばれる）

が、河津の側からは土肥次郎実平（河津祐通の烏帽子親を務めた）が間に割って入り、どちらも長老格の老武者ふたりによる、次のような仲裁の言葉なのであった。

いかに殿原は物に付いて（魔がさして）狂ひ給ふか。我ら当時（現在）は平家の御恩を雨山（あめやま）と蒙る身の、その御大事に合はずして（平家の一大事に駆けつけないで）私軍（わたくしいくさ）をして二つともなき命をば失（す）（捨）てて何の全（せん）（詮。益）にはあるべき。

両陣営に分かれての争いは「私軍（わたくしいくさ）」として退けられ、その際に持ちだされるのが「平家の御恩」であったことは、注意しておいてよい。これと違って仮名本（流布本）で仲裁役をかってでるのは、その場に「主賓」として招かれた頼朝なのであった。舎弟の俣野がぶざまにあしらわれたことに腹を立て、大庭平太景信は、「童にもたせたる太刀おつとり、するりとぬきて、とむでかかる。座敷、にはかにさわぎ、ばつとたつ。伊東方による物もあり、大庭が方による者もあり」という緊迫した場面で、間に割って入った頼朝は、その大庭の行動をたしなめて、次のように一喝する。(33)

いかに頼朝が情（なさけ）すてて、仇（あた）をむすびたまふか。大庭の人々。

その頼朝の言葉を受けて大庭はたちまち鉾（ほこ）を収め、頼朝の意を体するかたちで一転して仲裁役にまわり、その場は事なきを得たとする、なんとも不自然な話の運びとなる。真名本では「平家の御恩」とあるその位置に、頼朝の発言をすえる仮名本（流布本）の意図は、「と（頼朝が）おほせられければ、大庭平太うけたまはりて」とある敬語使用の対偶表現にも端的なかたちで示されている。

これを要するに仮名本（流布本）では、【図A】における、「喧嘩両成敗」の裁定者として事に臨む超越的な【Ⅰ】の立場に、頼朝を先取り的に位置付けている。それに対し真名本では、【Ⅰ】の立場どころか、関東武士団と互角にわたりあい、その一員として「私軍（わたくしいくさ）」を構える【Ⅱ】の資格すら、この時点での頼朝には与えられていないのだ。

こうした真名本と仮名本（流布本）の違いは、228頁に掲出の【図表Ⅱ】に見るように、「謀叛」の語の用い方にもあらわれている。先に見たように真名本の五郎は、おのれの行為を、自ら進んで「謀叛」と位置づける。だが仮名本（流布本）では「謀叛」の語は巧妙に避けられて、代わりに「悪事」とか「僻事」、さらには「狼藉」などの語への置き換えがされている。養父曽我祐信（真名本では実母が位置するその箇所に、仮名本では養父の祐信が居すわっている点にも注意したい）へと累が及ぶのを避けるべく、頼朝に対して応えた五郎の言葉を、仮名本（流布本）から引いておこう。

> いづれの世にか、継子が悪事くはたてんとて、暇こひ候はんに、「神妙也、いそぎ僻事して、我まどひ物になせ」とて、出したつる父や候べき。

例の「十番切り」に対する五郎の応答においても、「御所中に参て、かかる狼藉を仕程にては、千万騎にて候とも、あまさじと存所に」とあるように、仮名本では「謀叛」の語は注意深く避けられて、代わりに「狼藉」の語が用いられている。事前検閲にも等しいこうした「謀叛」の語の抹消行為は、仮名本では終始一貫していて、「まことや、さしもおそろしき世の中に、悪事思ひたつとな」（巻三）とあるように、母親の言葉においても「謀叛」の語の使用は巧妙に避けられている。(34)

唯一の例外は、京の小二郎から兄弟の仇討ちの計画を聞かされた際の、母親の言葉の中に見える、「まことか、殿ばらは、さばかりおそろしき世の中に、謀叛をおこさんとのたまふなるか（用例7）」であろうか。だがこれは、検閲の不徹底による見落としと思われる。というのも、真名本では「かやうの大事をば思ひ立ち給ふか。〈中略〉これ程に怖ろしき世の中にいかにかやうの大事をば思ひ立ち給ふぞ」とあるところを、仮名本では、その後に続く長口舌の中で、「わらはや二宮の姉をば、何となれとおもひて、かかる悪事をば、思ひたちたまふぞ。（中略）箱王が男になるにて、一定悪事せんときく。（中略）当代には、いささかも悪事をする者は、蝦夷が千島へいたりても、その科のがれず。（中略）さしもきびしき世の中に、いかで悪事を思ひたちたまふぞ」と、都合四回、母親に「悪事」の語を、くり返し使わせているからだ。(35)

ちなみに仮名本での「謀叛」の用例はもう一箇所、十郎に向けた五郎の言葉の中に、「人の子が謀叛おこしていで候はんに、その親きさて、いそぎしにて、ものおもはせよとて、よろこぶ母や候べき（用例9）」と見えるが、おそらくこれも検閲漏れであろう。というのも、兄弟の行為を「謀叛」とした用例が、真名本では十五例（それは全用例の62.5％に及ぶ）も見出せるのに対し、仮名本では右に挙げたわずか二例（全用例の1.5％）にとどまるからである。（【図表Ⅰ・Ⅱ】参照）

「忠誠と反逆」と題した論考において丸山眞男が示唆しているように、律令制下では、「謀反」と「謀叛」とで用語の使い分けがされており、君主（律令制下では天皇）に対して現実に危害を加え、または危害を加えようと謀ることを意味する「謀反」と、外国もしくは「偽政権」に公然隠然と通謀・加担してこれを利する行為としての「謀叛」とは、それぞれ別の事柄として概念上明確に区分されていた。(36)だが、エルンスト・カントーロヴィチが『王の二つの身体』で言うように、死すべき存在としての王の「自然的身体」と、神もしくは神の代理人としての不可死の「政治的身体(=単独法人格)」とが、一個の人間の内に不可分離なものとしてとらえられていたとするなら、君主(律令制下では天皇)の身体に危害を加えることでその地位に取って代わり、新たな「擬・政権」を打ち立てようとする行為は一連のものとして捉えられ、本稿ではと

文脈	巻数	頁数
御子高倉宮、御**謀叛**あらはれ、奈良路にてうたれたまひぬ。	2	101
さる程に、まことに**謀叛**の事有。	2	121
源三位入道頼政、**謀叛**をすすめたてまつる。	2	122
国々の源氏、**謀叛**をくはたて、思ひ思ひに案をめぐらす所に、	2	122
三浦党、頼朝の**謀叛**に与力せんとて、	2	123
若君をころしたてまつるのみならず、**謀叛**の同意たりし	3	135
さばかりおそろしき世の中に、**謀叛**をおこさんとのたまふ	4	183
祖父入道の**謀叛**によりて、きられまゐらせし孫なれば、	6	260
人の子が**謀叛**おこしていで候はんに、その親ききて、	7	274
謀叛の者の末、上にも御ゆるしなきぞかし。	7	275
謀叛の者の末とえ、とがめらるる事もやあらん。	7	288
兵衛佐殿**謀叛**をおこしたまふときこしめし、鎌倉に上り、	8	308
田村判官が**謀叛**同意のよし、讒言せられて、うたるべかりしを、	8	317
新田が**謀叛**誠也。あますな、方々。	8	317
この者どのも子孫、皆**謀叛**の者、君にうしなはれたてまちり、	8	329
伊東入道が**謀叛**により、我らながく奉公をたやすのみならず、	10	369
ゆらの三郎が**謀叛**おこしていでけるを、とどめんとて、	10	368

りあえずこの立場から「謀叛」の語を理解する(37)。

だとすれば、「謀叛」の語を極力避け、「悪事」、「狼藉」、「僻事」等の語にそれを置き換える仮名本は、兄弟の仇討ちを、既存の法体系の枠内で規定される単なる違法行為として、つまりは「喧嘩両成敗」の対象となる「私軍(わたくしいくさ)」の枠組みのうちへと回収し、矮小化しようと努めている。

対するに真名本の描き出す五郎の、自らの行為を「謀叛」と広言してはばからず、ついには頼朝への殺意までほのめかす豪胆な発言は、亡父の仇を討つ「孝」の実践にとどまらず、既存の法それ自体を拒絶する「国事犯」としての容易ならざる意味合いを帯びてくる。

図表Ⅱ　「謀叛」用例一覧　仮名本（日本古典文学大系）

用例番号	謀叛主体	謀叛客体（対象）	発話主体
1	以仁王	安徳天皇（平家政権）	八幡三郎母（内言）
2	以仁王	安徳天皇（平家政権）	地の文
3	以仁王	安徳天皇（平家政権）	地の文
4	国々の源氏	安徳天皇（平家政権）	地の文
5	頼朝	安徳天皇（平家政権）	地の文
6	祖父祐親	頼朝	母→兄弟
7	曽我兄弟	頼朝政権	母→兄弟
8	祖父祐親	頼朝	十郎→虎
9	曽我兄弟	頼朝政権	五郎→十郎
10	祖父祐親	頼朝	母→十郎
11	祖父祐親	頼朝	母→兄弟
12	頼朝	安徳天皇（平家政権）	箱根別当行實→五郎
13	田村判官	頼朝政権	地の文
14	新田忠綱	頼家（幕府政権）	御所方の人々
15	祖父祐親	頼朝	祐経→王藤内
16	祖父祐親	頼朝	五郎→頼朝
17	ゆらの三郎	頼朝政権	地の文

それは、【図表Ⅱ】にみるように、仮名本が他の箇所では頻繁に用いる「謀叛」の用例、たとえば「三浦党、頼朝の（平家政権に対する）謀叛に与力せんとて、はせむかひけるが（用例5）」とか、「新田が（頼家に対する）謀叛誠也、あますな、方々（用例14）」とか、「伊東入道が（頼朝に対する）謀叛により、我らながく奉公をたやすのみならず、子孫の敵にてはわたらせ給はずや（用例16）」などと同等の、君主（律令制下では天皇）に危害を加え、あわよくばそれに取って代わろうとする不遜な企てを意味する以外の何ものでもない。

なればこそ、頼朝との対論の場において、「そもそも頼朝におい（対し）ては、別の意趣（恨み）をば存ぜざりけるか」との核心を突く問いかけに対し、真名本での五郎は、公然と次のように言ってのける。

争（いかで）かその義はなくて候ふべき（当然、抱いております）。〈中略〉（兄）助成が最後の詞には、便宜（びんぎ）吉くは（隙があれば）御前近く打上（うちのぼつ）て具（つぶさ）に見参（げんざん）に入るべしと申し候ひしかば、現（げ）にと千万人の侍共を討て候はむよりは、君一人を汚（けが）し進（まゐら）せつつ（お討ち申して）後代に名をば留め候はむと存じ候ひしかば、（堀）忠家に付て参り候ふ程に、〈中略〉云ふに甲斐なく召し取られ候ひぬ。

先にも見たように、母の言葉を介して祖父祐親の「謀叛人」の立場を引き継ぎ、それを代行する五郎の刃は、必然的に頼朝へと向かう。頼朝への殺意の明らかな、この発言に対する頼朝の応答はしかし、なんとも不可解である。「実に（真実は）頼朝におい（対し）てはこれ程の意趣（恨み）をば存ぜざらめども、只今召し問はれつつ邪臆（わるびれ）たる色を見せじとて（あえて）申したる詞なるべし」と切り返す。五郎は強がりでそう言っているだけで、頼朝への遺恨はなかったと、精一杯虚勢を張りつつ、五郎の言葉の意味するところを強引に捩じ曲げ、自らの解釈を一方的に押し付けようとするのである。これは一体どうしたことか(38)。

注意すべきは、「これ聞き給へや、各々。哀れ（あっぱれ）男子の手本や。〈中略〉これを聞かむ輩はこれを手本と為（な）すべし」とあるように、頼朝のその言葉は、五郎に向けて言われたのではなく、その場に居並ぶ関東武士団の面々に向け言われたものだということだ。五郎の言葉を引き取って、それを梃子に、ここで頼朝は、大向こうをねらった一世一代の大芝居に打って出ている。その意図するところは那辺にあるか(39)。

大津雄一『軍記と王権のイデオロギー』がいうように、父の仇を討つため費やされた兄弟の燃えたぎるような「孝」の徳目、というよりか仏教的な「孝養（＝供養）」の想いを逆手に採り、それを「忠」の徳目へと巧みに変換し、転轍させること、これである[40]。

おのれに対する「謀叛」は許されない。したがって五郎の行為は「謀叛」に限りなく近いが「謀叛」ではない。祐経に対する「仇討ち」に、すなわちあくまでも私闘にとどまる。亡父への「孝養（＝供養）」の想いに裏付けられた私闘としての「仇討ち」にとどまる以上、その一途な思いに免じて、頼朝としては、「死罪を宥めて召し仕ふべけれども、傍輩これを聞きて、「（頼朝公は）敵を討つ者をば御輿あり」とて自今以後も狼藉絶ゆべからず。されば向後のために汝をば宥めぬなり」との裁定を下す。

頼朝のこの処置は、式目第十条に「或は子、或は孫、父祖の敵を殺害するにおいては、父祖たとひ知らずといへども、その罪に処せらるべし、父祖の憤りを散ぜんがため、たちまち宿意を遂ぐるの故なり」とあったことと照応する。加えてここで注意しておきたいのは、兄弟の行為に対して、「狼藉」の語への強引な置き換えがなされていることだ。

その一方で、「謀叛」と見まがう五郎の豪胆な行動を「手本」とし、そこに居並ぶ関東武士団に対しては、これを大いに奨励する。自己に対しての「謀叛」はあってはならない。しかし、かつて平家政権へ「謀叛」を企て、蜂起したときのように、いつでも「謀叛」を起こすぐらいの気概は持てと要求する。この二律背反のねじれ（ダブルバインド）の内に関東武士たちを取り込んで、先に見た「ミヤコの法理」と「東国の法理」の矛盾葛藤を一挙に止揚してみせる[41]。別の言い方をすれば、自らの半身である祐経を、すなわちカントーロヴィチの言葉を借りて言えば、死すべき存在としてのおのれの「自然的身体[42]」を兄弟との単なる「私軍（わたくしいくさ）」の内に沈めて、断固としてこれを斬って捨てること。そうすることで、【図A】でいうところの【Ⅱ】の立場から自らを解き放ち、ひとり【Ⅰ】の高みへと昇ること（もしくは【Ⅱ】の立場にとどまるとしても、兄弟の仇討ちを【Ⅲ】のレベルの「私軍（わたくしいくさ）」へと沈めることで、自らを相対的に超越的な立場に立たせること）を意図しての、これは巧妙な言葉の詐術（レトリック）なのであった。

四　結語

五郎との対論を通して頼朝の態度は一変する。「猛（たけ）き迄癲（ふてかつたい）の様なる者」と、それまでは蛇蝎のごとく毛嫌いし、怖れていた兄弟に対し、極めて寛大な態度を示すようになる。それを象徴するのが養父曽我祐信への慈愛に満ちた対応である。

「今はかかる謀叛を起しぬれば御科（おんとが）（咎）めやあらんずらむ（用例㉑）」と戦々恐々の体でいる祐信を呼び出して、「曽我の冠者原（若者ら）が今度の謀叛の由をば知らぬか（用例㉒）」と共謀の疑いを投げかける。一切関知していないとの返答を得た上で、殊勝にも「尋常なる恩をこの者共に仕たらましかば（しかるべき処遇、俸禄をこの人々に与えたならば）、さりともこの謀叛を思ひ留めてむものを。恩をせずして（召し抱えることもなく）失ひぬる事こそ無慙なれ（用例㉓）」と、手のひらを返すように今までの酷薄な態度を改め、兄弟の供養料に宛てるべく、曽我の荘に「公役御免の御教書」を賜わり、温情をもってこれに臨むのである。

言語は〈行為〉であるとしたジョン・オースティンのひそみに倣えば、五郎との対論の前と後とで、まるで別人格のような頼朝像を描き出すこと（言葉の陳述的な働き）により、真名本テキストは一体何をしようと（言葉の行為遂行的な働き）しているのであろうか(43)。

これについては二つのことが言える。一つ目は、式目第十条「殺害、刃傷罪科の事」に、「父その子相交はらずば、互いにこれを懸くべからず。〈中略〉その父知らざるの由、在状分明ならば縁坐に処すべからず」とある文言との対応を意図している(44)。いまひとつは、いまだ「謀叛」の語を使いつつも、その意味合いが、これまでの記述とは大きく違って、君主（律令制下では天皇）に対して現実に危害を加え、または危害を加えようと謀る「謀叛」の語の本来の意味に導かれ、返す刀で、【図A】でいう【I】の君主（律令制下では天皇）の地位に、頼朝が自らを安定的に位置付けること、これである(45)。

おのれの半身であった祐経と袂を分かち、ひとり超越的な高みへと自らを持ち上げた頼朝は、

「喧嘩両成敗」の立場から、公正な裁定者としての振る舞いを、これ以後、テキストの中で積極的に示していく。鈍刀で首をかき切り、必要以上の苦しみを五郎に与えた筑紫の忠太なる人物の、そのバランスを欠いた量刑の在り方をただちに是正すべく、「人は候はぬか。奴が首をもその刀を以て昇首（かき）にせよ」と、大いに瞋（いか）って見せる。忠太はその場で逐電し、等分の量刑を課すことは叶わずに終わってしまったが、その結果、断末魔の苦患の内にこの世の恨みを遺すこととなった五郎の亡魂を鎮めるべく、虎御前をはじめとした女たちの鎮魂の物語が、法の制度（システム）には回収し切れぬその埒外に、「残りもの」のようにして、最終巻の巻十で語られることになる。[46] 先にも見たように、これについては柳田、折口をはじめとして、角川源義などの数多くの先行研究が既にあるので、そちらに譲るとして、ここでは当初の問いに立ち返り、式目第九条「謀叛人の事」および第十条「殺害、刃傷罪科の事」との関わりに、あらためて目を向けておきたい。

第九条には、「右、式目の趣、兼日（けんじつ）定めがたきか。且（かつう）は先例に任せ、且は時議（じぎ）によってこれを行（おこな）はるべし」とあるだけで、なんら具体的規定が示されず、これについては三浦周行に批判のあることを先に見た。しかし考えてみれば、承久の乱に勝利して、三上皇を追放刑に処した関東武士団の所業こそ、まさしく「謀叛」に他なるまい。だが、【図B】に見るように

「朝廷」と「幕府」の双方が、いまだ【Ⅱ】の立場にとどまるかぎり、「謀叛」か「謀叛」でないかの裁定は、その時々の結果次第で大きく揺れ動く。「東国の法理」の残響をそこに聴き取って、丸山眞男は次のようにいっている[47]。

> たとえ主君が他の価値体系との関連において「逆賊」あるいは「朝敵」の名を蒙っても、躊躇なく「御恩」を蒙った主君の下に馳(は)せ参じ、あえてともに「反逆者」となり、主家の没落に際しても運命を同じくするのが、弓矢取る身の「習(ならい)」であり、また名誉観なのであった（承久の変や鎌倉幕府滅亡の際の家の子郎党の態度を見よ）。

なればこそ、「謀叛」は許されないが「謀叛」をしでかすぐらいの気概は持てと御家人たちをけしかけた真名本における頼朝の言葉は、「承久の乱」の際の御家人たちの果敢な行動に指

図B

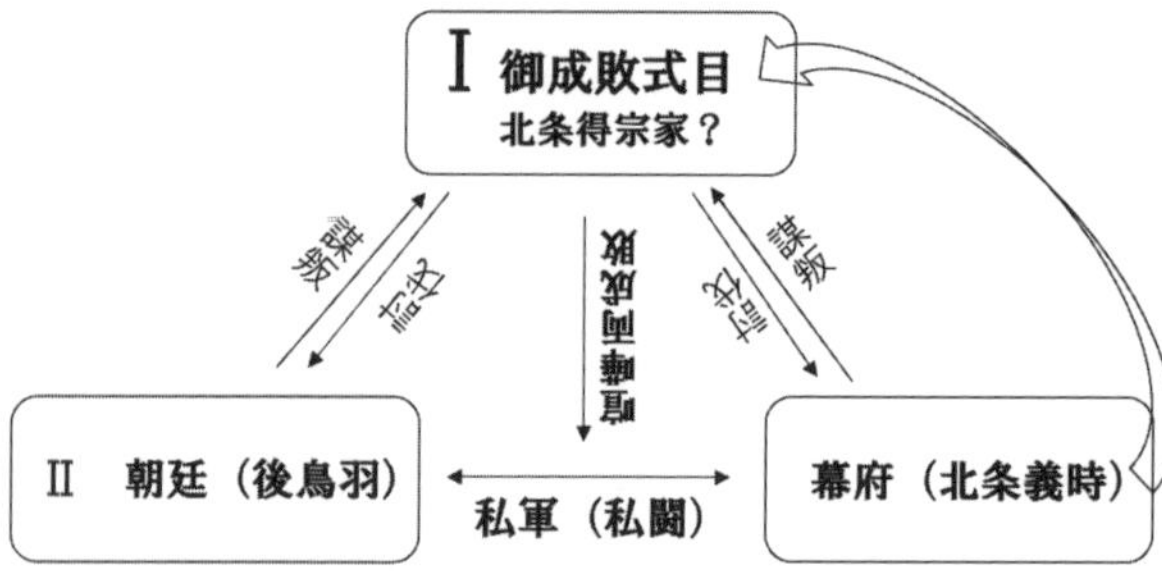

Ⅰ 御成敗式目
北条得宗家？
謀叛
討伐
喧嘩両成敗
討伐
謀叛
Ⅱ 朝廷（後鳥羽）
私軍（私闘）
幕府（北条義時）

針を与え、むしろそれを是認し正当化するもの言いとして響く。

真名本『曽我物語』は『貞永式目』の条文を多分に意識し、その注釈的な「判例」として曽我兄弟の敵討ちを描き出す。しかし兄弟の敵討ちが、時系列としては『貞永式目』の制定に先行するとしたら、その制定の経緯を記した泰時消息の中で、「大将殿の御時、法令をもとめて御成敗など候はず。代々将軍の御時も又その儀なく候へば、いまもかの御例をまなばれ候なり」と述べられているように、曽我兄弟の敵討ちに対処した頼朝の裁定を、むしろ依拠すべき「先例」として、式目制定がなされたようにも見えてくる。

【図B】に示したように、式目制定へと至る前提に「承久の乱」があり、その際には鎌倉幕府の実質的主導者北条義時に「謀反人」の嫌疑がかけられた。カール・シュミット『政治的なものの概念』は、ホッブスの「自然法ないし理性法」の所説を踏まえつつ、「法の「支配」とか至上性は、より高い法を引き合いにだすことができ、かつその内容がなんであり、どのようにして、だれによってそれが適用されるべきかを決定する〔立場にある〕人びとの支配であり至上性なのである」（83頁）と述べている。[48] そうであってみれば、シュミットのいうように、「法」の外部に立たされた「例外状況」[49] において決定を下し、その上で「法の支配の至上性」を事後的に確立すべく、式目第九条「謀反人の事」と、「喧嘩両成敗」のはしりともいうべき

第十条「殺害・刃傷罪科の事」との抱き合わせが、式目制定時において、ぜひとも必要とされたのだ。

そして一等肝心なことは、以上のような経緯を時間を遥かにさかのぼらせ、曽我兄弟の敵討ちの顛末へと逆投影したテキストとして、真名本の『曽我物語』をとらえることが出来るように思う。

注

(1)会田実『『曽我物語』その表象と再生』(笠間書院、二〇〇四)の附章「研究の変遷(明治から現代まで)」によれば、曽我兄弟の仇討ちが一般に知られなくなったのは、戦後GHQによる民主化政策と裏腹の、忠孝観念への思想的弾圧が大きく影響した結果である。

(2)赤穂浪士事件に対する徂徠の否定的対応については、丸山眞男『日本政治思想史研究』(東大出版会、一九五二、改訂版一九八三)に詳しい。

(3)春台や直方の議論は、幕府の裁定を問題化する。多くの人びとが赤穂浪士討ち入りを「義挙」として賞賛したのは、それと意識しないまま、幕府の裁定への異議申し立てを、その行為の裡に読み取ったからであろう。山本七平『現人神の創作者たち(下)』(一九八三/二〇〇七、ちくま文庫）「応用問題としての赤穂浪士論」によれば、同じ山崎闇斎門下でありながら直方と鋭く対立した浅見絅斎は、赤穂浪士の討ち入りを、幕府への異議申し立てとして明確に意識化した上で、これを高く評価した数少ない論客のひとりであった。

（4）折口信夫や柳田国男に始まり、角川源義や福田晃へと引き継がれた民俗学の視点からの研究の推移については、注（1）会田前掲書に詳しい。なお政子の賢女ぶりを讃えて『真名本』には、「されば平家（『平家物語』）に曽我（『曽我物語』）を副へて渡したりけるに（送ったところ）、唐人（中国人）これを披見して（ひらいて見て）、「日本は小国とこそ聞きぬるに、かかる賢女ありけるや」と感じ合へりけるとかや」（巻三）との記述があり、『真名本』以前にさかのぼる「曽我」のテキストの存在が当のテキストの中で自己言及されている。

（5）坂井孝一『曽我物語の史的研究』（吉川弘文館、二〇一四）。

（6）長又高夫『御成敗式目編纂の基礎的研究』（勁草書房、二〇一七）は『吾妻鏡』に見える式目条文を数多く取り上げ、その法的効力が歴史的出来事の中でいかに発揮されたかについて丹念な分析を行っている。

（7）網野善彦、笠松宏至『中世の裁判を読み解く』（学生社、二〇〇〇）は、当時の「裁許状」二通の趣旨を式目条文とかかわらせて詳細に分析している。

(8)『中世政治社会思想(上)』(岩波日本思想大系、一九七二)の「解題(笠松宏至執筆)」および「解説(石母田正執筆)」による。

(9)注(6)長又前掲書は、既存の律令との関係づけに式目起草者としての泰時がいかに苦慮したかを丹念に跡づける。

(10)引用は注(8)前掲書による。

(11)注(6)長又前掲書は、「一般法と特別法との関係は、一般法では覆いきれない事項を、特別法が詳しく規定し、これを補うという関係であるが、もしも両者が抵触するならば、当然のことながら、特別法が一般法に優先すると考えなくてはならない。この式の性格に目をつけたのが北条泰時であった。おそらく「諸司式」の形式に准らえて、幕府の式として、御成敗式条(式目)を立法しようとしたのであろう」(33頁)と述べ、式目制定により律令の規定に準拠することを否定したのではなく、律令の法規を前提に、それに対しての「特別法」の位置づけで朝廷側の了解を取り付けようとした点に、泰時の苦心を見ている。

(12)三浦周行『続法制史の研究』(岩波書店、一九二五)568頁。なお注(6)長又前掲書(149頁)が『清原宣賢式目抄』を引きつつ指摘するように、式目条文が五十一箇条に立項されたのは、聖徳太子の『十七条憲法』を踏まえてのものである。陰の極数「八」と陽の極数「九」を合わせた数が「十七」で、その「十七」の数を天・地・人にあてはめて三倍し、「五十一」の数が得られる。

(13)注(8)前掲書の校注者(笠松宏至)による「補注」(432頁)。なお『中世の罪と罰』(一九八三、講談社学術文庫、二〇一九)の巻末座談会で笠松宏至は、室町期で「時議」といえば将軍の意志であり、「謀叛」というのは将軍に対する罪だから『御成敗式目』制定者のような家臣がその罪を予め決められるものではなく、謀叛人に対する罪は将軍が自らの親裁権として処断するので、それは「時議」として解釈できると述べた佐藤進一の発言を紹介している。

(14)引用は注(8)前掲書による。「喧嘩両成敗」の規定が明文化された文献上の初見は、戦国期の『今川仮名目録』第八条「両成敗法」においてであるが、所領争論などを実力で解決する権利のための闘争や、個人または集団の名誉を力で回復するための闘争は、関東武士団の間で早くから常態化しており、それへの対応として立項された式目第十条は、後の「両成敗法」の先駆として位置づけうる。

(15)注(8)前掲書の校注者(笠松宏至)による「補注」(432頁)。

(16)引用は『真名本曽我物語(一、二)』(東洋文庫、一九八八)による。

(17)日本古典文学大系『曽我物語』が底本とした仮名本(十行古活字本)では、梶原のこの発言は見えず、頼朝自身が判断を下す。

(18)勘当された五郎が親類縁者を渡り歩く様子を、『真名本』は「伊藤は一門広かりける」(巻五)と表現する。東国武士団は互いに緊密な縁戚関係をとりむすぶことで自らの保身をはかる。そのための媒介項として女性の婚姻が重要視された。そこでは「個人」の感情よりも一族存続のための「関係」が重視され、夫に先立たれ、もしくは離縁された女性が再嫁することは当たり前とされた。だが縁戚関係をとりむすぶことにより一族の結束をはかる一方で、所領をめぐる一族内の内紛も常態化していた。和田合戦の際の「三浦の犬は友を食うぞ」との批難や、宝治合戦の際の宇都宮泰綱(母北条氏)と時綱(妻三浦氏)の確執などが挙げられる。石井進『中世武士団』(小学館日本の歴史、一九七四)所収の「曽我物語の世界」はそうした当時の関東武士団の気風を活写する。

(19)梶原正昭、大津雄一、野中哲照校注『曽我物語』(日本古典文学全集、二〇〇二)は真名本系を底本としながら、その頭注で、「親の敵討ちは自らの力で成し遂げるものである。それが正しかった時代を彼らはまだ生きている」(176頁)、「頼朝が憤ったあの奥野の狩場のような無秩序な世界は過去のものなのだ」(179頁)、「狩場とその道中はすでに「少しの隙」もないものに変貌していたのである」(193頁)などの指摘を行っている。しかし頼朝の権力が既に確立されているかのようなそうした捉え方は、幕府草創期の頼朝の権威がいまだ不安定な過渡的状況を、むしろ積極的に写し取ろうとした真名本の意図に反してはいまいか。

(20)これについては丸谷才一『忠臣蔵とは何か』(講談社文芸文庫、一九八四)が、フレーザー『金枝篇』などに見える「王殺し」のモチーフに依拠しつつ、「兄弟はまず「身代わりである生贄」ないし「贋の王」としての祐経を殺し、そして六年後、「王である生贄」としての頼朝を殺したのである」と述べ、祐経と頼朝とが、似た者同士の分身関係にあったとの指摘を早くに行っていた。福田晃「真名本曽我物語の王権・反王権」(『曽我物語の成立』三弥井書店、二〇〇二所収)もまた、「曽我兄弟の「敵人」は、「一家ノ宮藤左衛門ノ尉助経」であり、頼朝公の「愛子ノ敵」は、「伊藤ノ入道助親」であるはずであるが、王法擁護と反王法との対立構図のもとで、『曽我物語』は対曽我兄弟への〈頼朝物語〉の様相を呈するのである」として、頼朝と祐親の敵対関係が、曽我兄弟と祐経の敵対関係と相似形をなすことを指摘し、同じく両者の分身関係に注目している。

(21)謡曲《対面曽我》の描く世界である。なお曽我兄弟を題材とした能の演目は《元服曽我》《小袖曽我》《調伏曽我》《禅師曽我》をはじめ、実に十数番を数える。その筋運びや詞章が仮名本の成立におよぼした逆の影響関係も考慮すべきであろう。

(22)佐伯真一「「軍神」(いくさがみ)考」(『国立歴史民俗博物館研究報告』一八二、二〇一四)は、敵を血祭りにあげる武士たちの習俗を歴史的に跡づける。柳田国男以来、東国武士の原点に狩猟民の面影を見る説が一般化しており、二本松康弘「曽我物語と狩」(『国文学解釈と鑑賞　別冊曽我物語の作品宇宙』、二〇〇三)が言うように、『吾妻鏡』と連動して狩場の記事を頻出させる『曽我物語』のテキストは、その端的な例証ともなっている。この場での作法は、狩の習俗に倣って獲物にとどめを差す行為を踏襲するものでもあったことに注意したい。

(23)こうした弁舌の巧みさで、頼朝は関東武士団の上に立つ王者の資格を得た。上総介広常を迎え入れたときの頼朝の、『吾妻鏡』が記す「頗る彼の遅参を瞋り、敢て以て許容の気無し」との態度に、それが見てとれよう。これに対し忠常は、「内には二図の存念を挿むと雖も、外には帰伏の儀参を備ふ。然れば此数万の合力を得て、感悦せらる可きかの由、思ひ儲くるの処、遅参を咎めらるるの気色あり、殆ど人主の体に叶へるなり、之に依りて、忽ち害心を変じて和順し奉る」という形で臣従を余儀なくされている。

(24)石橋山合戦での関東武士団の帰趨にそれは見てとれる。頼朝に敵対した大庭景親や伊東祐親はその後誅殺され、当初は敵対したが途中で帰伏した梶原景時や畠山重忠は御家人として重用された。たとえ以仁王の令旨を奉じていたにしても、一か八かの危うい賭けに打って出るしか、関東武士たちの生き延びる道は拓けない。

（25）式目は第十二条として「悪口の咎の事」をかかげる。相手への「悪口」が刃傷沙汰へと発展し、とめどのない暴力の応酬に結びつくことが懸念されたからある。なお真名本では三浦余一に対する五郎の「悪口」が問題化されており、また注（7）の網野笠松前掲書でも「悪口」が原因の具体的な訴訟問題があつかわれている。

（26）真名本の比較的簡素な記述に対し、仮名本は王藤内の最期を、「四十あまりの男なりしが、時の間に、四つになりてぞ、うせにける」と表現し、加えて五郎に「馬はほえ牛はいななくさかさまに四十の男四つになりけり」と一首詠ませている。その悪趣味ぶりはやがて謡曲《夜討曽我》の間狂言を務める王藤内の滑稽な台詞やしぐさに取り込まれ、当該演目の目玉ともなっている。

（27）御家人たちを前にしての『吾妻鏡』が伝える政子の発言には、「逆臣の讒に依りて、非義の綸旨を下さる」と見え、後鳥羽の不当があからさまに告発されている。

（28）既存の訴訟制度に依拠した論理を、真名本テキストは、兄弟の誘いを断る京の小二郎の発言（巻五）を通して示して見せる。

（29）ドゥルーズ&ガタリ『千のプラトー』（河出書房新社、一九九四）第12章「遊牧論あるいは戦争機械」は、「国家装置」の外部にあってそれに抗しながらも、しばしば「国家装置」を立ち上げる機能をも果たしてしまう相互補完関係として、遊牧的な「戦争機械」をとらえる。ドゥルーズ&ガタリのいうその遊牧的な「戦争機械」に曽我兄弟の行動原理をあてはめるなら、頼朝への「謀叛」としてあった兄弟の振る舞いが、結果として当の頼朝に王権を付与し、その超越性を補完することで「国家装置」に回収されてしまう真名本のメカニズムを理解する上で、大いに参考となろう。

(30)兄弟の仇討ちの背後に黒幕として北条時政がいたとする三浦周行「曽我兄弟と北条時政」(『歴史と人物』東亜堂書房、一九一五)や反北条勢力のクーデター説を唱える永井路子『つわものの賦』(文芸春秋社、一九七八)などが仮説として立てられている。「時宗」を名乗る五郎は、烏帽子親を務めた時政からその名をもらい受けており、加えて『曽我物語』では、兄弟に好意的な和田義盛や畠山重忠の言動を、積極的に描き出している。三浦の叔母からも兄弟は様々な便宜を受けている。赤穂浪士事件がそうであったように、伊豆相模に張り巡らされた一族の縁戚ネットワークに導かれ、万人周知の下、かつ人々の輿望を担いつつ、様々に支援されて、工藤祐経(そして頼朝も)排除に向けた兄弟の仇討ちは果たされたのであろう。

(31)遊女として配された亀菊や手越の少将に、虎との共通性を見ることができる。仮名本はこうした女たちの鎮魂の物語をさらに増幅させていく。なお、敵対する男たちに対し、敵味方の違いを乗りこえ連帯していく女たちの、真名本での複層的で多声的な役割に注目した論として、高木信「反逆の言説／制度の言説―真名本『曽我物語』の表現と構造」(『名古屋大学国語国文学』六四、一九八九)、「曽我物語の構成―迷宮的世界の中で」(国文学解釈と鑑賞別冊『曽我物語の作品宇宙』、二〇〇三)がある。

(32)狩場の余興に相撲はつきものであった。狩猟民としての関東武士団の持ち伝えた狩場の習俗が、曽我兄弟の仇討ちの背景にあることに関しては、注(20)福田前掲書の第二篇第一章「曽我御霊発生の基層―狩の聖地の精神風土―」が、柳田國男『後狩詞記』などを引照しつつ精緻な分析を行っている。

(33)引用は日本古典文学大系『曽我物語』(岩波書店、一九六六)。なお仮名本の巻八「富士野の狩場への事」には、武士たちが二手に分かれて闘争に及ぶ場面が設けられており、「あれあれ、義盛、しづめ候へ」との頼朝の一言により、その場が収まったとする二番煎じの設定がされている。

(34)なお『真名本』にあっても、京の小二郎の発言には、「当時(今時)さやうの悪事する(敵討を図る)者をば豪(がう)の者とは云はず。返(かへつ)(却)て嗚呼(をこ)の(愚かな)者とこそ申し合ひ候へ」(巻五)と見え、三浦余一も「当世は昔に替て、さやうの悪事をする者は狩庭にてもあれ、また旅宿にてもあれ、討勝せて一歩なりとも延びてむや」(巻六)と述べるように、彼らからすれば兄弟の行為は「謀叛」とは言えず、あくまでも「悪事」でしかない。なお余一の発言に対し五郎は、「あれほどの不覚人に向てかかる大事を云ひ合はすこそ口惜しけれ。人々しからぬ者にさばかりの大事を聞かせつるよ」とあるように、「大事」の語で切り返している。

(35)「悪」の語は、「悪源太義平」や「悪七兵衛景清」、「悪左府頼長」などの人名として、抜群の能力、気力、体力を持ち、あるいは過酷で冷淡な性格ゆえ、周囲の人々から恐れられる場合に用いられる。しかしここでは「狼藉」や「僻事」と同等に位置づけられており、京の小二郎や三浦余一のいう、法的な逸脱行為の意味に限定して用いられていると理解すべきであろう。

(36)丸山眞男『忠誠と反逆』(一九九二/一九九八ちくま学芸文庫)15頁。

(37)エルンスト・H・カントーロヴィチ『王の二つの身体(上・下)』(ちくま学芸文庫、二〇〇三)は、ピューリタン革命(一六四九年)の際に議会によって「大逆罪」に問われ、処刑された国王チャールズI世の事例から、その論を説きおこす。「我々は王それ自体(king)を擁護するために、個人としての王(king)と闘う」(44頁)と宣言した清教徒たちのなんとも奇妙な物言いが、当時法学者たちの抱いていた概念、すなわち神性と人性とを併せもつキリストの三位一体の「位格」との類推から、置換可能で死をまぬかれない複数の「自然的身体」へと反復的に受肉されて行く過程として、決して死ぬことのない「政治的身体」の持続性を捉えようとする発想に依拠したものであったことを明らかにしている。

(38)注(5)坂井前掲書は「謀叛人伊東祐親の孫である曽我兄弟と頼朝との対立構図を、無理やり問答の中に入れようとした結果、論理の上で破綻をきたしてしまった」(46頁)と述べ、この矛盾を、本来別個に存在した「頼朝物語」と「伊東物語」とを結びつけた際に、祐親を「不忠の敵人」として位置づけたことにより生じたものと捉える。この頼朝の言葉に関しては、鈴木国弘『日本中世の私戦世界と親族』(吉川弘文館、二〇〇三)二編一章「鎌倉幕府草創期における私戦と地域社会—妙本寺本『曽我物語』の分析から」をはじめとして、注(1)会田前掲書の第一章「公と私—王権の確立」、注(20)福田前掲論文などにおいて、頼朝の立場の「私」から「公」への移行の指標として理解されている。

(39)『吾妻鏡』は、「次に御前に参るの条は、又祐経御寵物たるに匪ず、祖父入道御気色を蒙り畢んぬ、彼と云ひ此と云ひ、其恨無きに非ざるの間、拝謁を遂げて、自殺せんが為なり者」との五郎の発言に、その場に居並ぶ御家人たちが感嘆した様子を、「聞く者鳴舌せざる莫し」と記す。

(40)大津雄一は『軍記と王権のイデオロギー』(翰林書房、二〇〇五)第十章「曽我物語」において、「ここには、何やら詐欺めいた仕掛けがある。頼朝から阻害され苦しめられた兄弟が、頼朝のために、我が身をもって、彼に仕える武士たちがいかに脆弱であるかを実証し、その上で主に仕える武士としてあるべき姿を、親切にも説き示すという奇妙な構図ができあがってしまう。忠臣というものは、かくあるべきものだと、謀反人曽我五郎時宗は、頼朝を、武士たちを、そして我々を教育するのである。兄弟は兄弟の意志とは無関係に、不在の理想の「忠」を語るのである。「孝」は「忠」をも語り、葛藤すべき「私」と「公」は、融和する」と述べて、最終的に王権のイデオロギーへと回収されてしまうテキストの構造を批判的に捉える。なお大津によるこうした儒教的な「忠孝」イデオロギーへのあてはめに対して、後の朱子学の観点を遡及した時代錯誤のとらえ方であるとした佐伯真一『戦場の精神史―武士道という幻影』(日本放送出版会、二〇〇四)の批判のあることを申し添えておく。

(41)東国の法理とミヤコの法理のこの対立は、ワルター・ベンヤミンの『暴力批判論』にいう、「法」の外部にあって法秩序を創出する「法措定暴力」と、既存の法秩序の内部にあってそれを粛々と執行するにすぎない「法執行暴力」とに対応する。なお、梶原景時の讒言で謀叛の疑いをかけられた際の畠山重忠の、「謀反を企てんと欲するの由風聞するは、かへつて眉目といひつべし。ただし、源家の当世をもつて、武将の主と仰ぐの後、さらに貳(ふたごころ)なし」(『吾妻鏡』文治三年(一一八七)十一月条)との発言は、この「二つの法理」のねじれ関係を端的に言い表したものといえよう。

(42)注(37)カントーロヴィチ前掲書。

(43)ジョン・オースティン『言語と行為』(大修館書店、一九七八)。

(44)ここからは、過酷な法の適用が常態化された在地の法慣習を牽制し、抑制するための「撫民法」の性格もうかがえる。注(13)前掲書『中世の罪と罰』は『政基公旅引付』に見える日根野村の事例として、蕨粉盗みの咎に問われ子がその母親とともに村人たちによって殺害処刑されたことを取り上げている。

(45)注(13)前掲書『中世の罪と罰』が紹介する、謀叛に対する処断は将軍の親裁権に属すとした佐藤進一の発言が想起されよう。

(46)鈍刀で首を掻きられる五郎の様子を目の当たりにして、「親類一族の知音(ちいん)(知人)にあらざらむ人も、「去来(いざや)、少しなりともこの者共が修羅(しゅら)の苦患(くげん)を助けむ」とて、異口同音に念仏申しける」と記す、その真名本テキストの表現に共鳴し、読者もまたその輪に加わり念仏の声を同心円的に広げていく。そのようにして御霊信仰への糸口は、テキストのうちにすでにして書き込まれていることに注意したい。なお注(13)前掲書『中世の罪と罰』で強調されるように、中世にあっては「罪」の対概念は「罰」ではなく、「ケガレ」であった。巻十で繰り返し語られる鎮魂の所作は、「ケガレ」を祓う行為としても読み取られるべきであろう。さらにつけくわえるなら、最終的には王権のイデオロギーへと回収されるものとして『曽我物語』を軍記テキストに位置付ける注(40)大津前掲書に反論する形で、高木信は注(31)前掲論文で、テキストの重層性や多声性に着目し、一連の平家物語関連の論考で「怨霊」に対し新たに「亡霊」という概念を対比させて、大津のいう王権のイデオロギーへと一元的に回収されることのない逃走線・漏洩線(ジル・ドゥールーズ)の可能性を、そこに見てとっている。

(47)引用は注(36)丸山前掲書(17頁)。

(48)カール・シュミット『政治的なものの概念』(未来社、一九七〇)。

(49)カール・シュミット『政治神学』(未来社、一九七一)。なお二〇二一年の今現在、コロナ感染防止を口実にロックダウンや外出禁止令、ソーシャルディスタンスなどの罰則を伴った諸規制が「剥き出しの生」を人々に強い、基本的人権を侵害する「例外状況」の恒常化という事態が出来している。そうしたなか、ジョルジョ・アガンベンは『私たちはどこにいるのか?』(青土社、二〇二一)において、ブルジョア民主主義の国家体制(日本もこれに含まれる)と権威主義的な全体主義国家とでどちらがコロナ禍に対し有効な体制かとの挑発的な問いを投げかけて、ブルジョア民主主義の今後の帰趨に警鐘を鳴らしている。

ἔξοδος

【エクソドス】

《大会印象記》

吃音とエクリチュール

以下の文章は、國學院大學において二〇一二年十二月二日に開催された、日本文学協会第六十七回大会における**シンポジウム「書物とリテラシー」**によせた「大会印象記」である。当日のシンポジストは以下の三名である。初めに説話文学研究の領域から小峯和明氏が「「説草」からみる書物の宇宙」と題して、近世文学研究の立場からは高木元氏が「書物のリテラシー――板本は読めているか――」と題して、最後に会員外のゲスト講師として松浦寿輝氏が「言葉を手渡す」と題して発題を行った。

なお当該シンポジウムの詳細については『日本文学』62―4（二〇一三・四）誌上において総括がされているのでそちらを参照してほしい。

テーマ「書物とリテラシー」をひっくり返し、「吃音とエクリチュール」に差し替えたい。「書物」の形態や流通経路、その享受者層をめぐる市場分析(マーケット・リサーチ)など、基本、興味はないし、一方「リテラシー」がかかえ持つ露骨に政治的＝経済的な排除の構造には、とうてい無頓着でいられないからだ。

「リテラシー」の対義語は、「書物」ではなく「文盲」である。ならば「リテラシー」がうまく機能しない事態をこそ、むしろ問題にしたい。読めないテキストの前に立たされて絶句し、しどろもどろの訥弁に終始する。情報への絶えざる遅れにとまどい、ひたすら困惑する。その「出来事／事件」の一回性にこそ、広い意味での文学の営み——文字どおり「文」の真似(まね)び／真似びぞこない——の始発点がある、との思いからだ。

三人のシンポジストのプレゼンを、それぞれに面白く聴いた。しかし、五感を総動員して感受した、その場その時の「出来事／事件」を、いまここで再現することはかなわない。話の運びや、間の取り方、レジュメとの往復やパワーポイントの操作手順、その時々の声音(こわね)や司会者とのやりとりなど、それこそ一発勝負のライブ・パフォーマンス。最新鋭のビジュアル機器を駆使したところで、それを再現し商品化することなどかなわない。その場に居合わせた人々の生身(なまみ)の身体のぬくもりが、身じろぎするそのしぐさが、せわしない息遣いが、ざわめきが、どことなく甘ったるい体臭が、つまりはその場に特有の「空気」が、残念ながら当のこの一文では決定的に欠けている。

奇しくも三人のプレゼンは、この「出来事／事件」を再現し、復元することの成否をめぐっての問いで共通していた。その分、テーマの「書物とリテラシー」からはズレていたわけだ。

まずは小峯和明氏。中世の寺院社会で当時盛んに行われていた法会(ほうえ)儀礼の詳細をうかがい知るテキストとして、「説草」の名のもと、大量に残された断片的なメモ書きがある。「書物」の形態としては不完全な、その「説草」の向こうに、華やかな祝祭空間の広がりをうかがい知ることの必要を、氏は多角的な視点からうったえる。

ついで高木元氏。書誌的知識の欠如により古典テキストが読めなくなっている現状を憂え（ハングル専用世代の古典離れを嘆くお隣の国の事情と何となくダブってしまった）、返す刀で現行の文章形式（言文一致・新字体・現代仮名遣い・活字本等）の不備を衝く。戯作者を自認した仮名垣魯文の、その破天荒な「書物」の形態を理解するためには、メディアミックスともいうべき当時の情報環境を再現すべく、かなりの書誌的知識が必須で、それを欠落させたところでの、近代に整序された「書物」の形態での享受の危うさに警鐘を鳴らす。

オリジナルへと遡行し、当事者の立場に立ちかえって、その場、その時の「出来事／事件」

の再現可能性に賭けようとした両氏に対し、最後に登壇した松浦寿輝氏は逆に、オリジナルへの遡行の、「断念」から始める。氏が重視するのは、異邦人のまなざしである。遅れてきた読者の立場と、これを言い換えてもいい。亡命先のパリ国立図書館の「書物」を、手当たり次第メモに取ったベンヤミン（その断片的なメモ書きの集積は、やがて『パサージュ論』として結実した／しなかった）の境遇に、同じくパリ国立図書館で資料調査に没頭したみずからの留学体験を重ねつつ、遅れてきた読者の立場から、「書物」と「リテラシー」をとらえ返す。そうすることで、「無限」の知識に触れてそれを所有することへのブルジョア的な飽くなき欲望と、未知の知識のあまりの膨大さに恐れおののき、カントのいう「崇高」をそこに見て激しく打ちのめされてしまうプチブルジョア的な近代人の、両極に引き裂かれた悲哀の感情を引き出してくる。

三者三様、それぞれにベクトルを異にしつつも、複製芸術（コピー）におけるアウラの可能性という、かつてベンヤミンが問うた問いが、再び問われていたように思う。ベンヤミンが当時直面していた課題は、ナチズムへの対抗という歴史的文脈のなかで、新たな公衆として立ち現われてきた「民衆」の心の奪還であった。いままで芸術作品と触れ合う機会の少なかった「民衆」にも、写真や映画などの複製芸術（コピー）は急速な勢いで浸透していく。そのまがいもののアウラに魅了される「民衆」が、いま現にそこにいる（たとえばレニ・リーフェンシュタール！）。オリジナルへの遡行ではなく、今現在の立場からのとらえ返しにこそ、積極的なアウラの輝きを見るべきではないかとする高木信氏のフロアーからの発言は、この意味で示唆的であった。

複製芸術はその享受者層を、「民衆」だけでなく、さらにその外側の異邦人へと拡げていく。ならば異邦人によるその享受のありかたを、不純なもの、ミス・コミュニケーションとして排除してよいのか。それとも高木信のいうように、そのつどのアウラの輝きとしてこれを肯定的にとらえ返すべきなのか。

その著『〈知〉の庭園―19世紀パリの空間装置』（筑摩書房）において松浦がいう「無限」と「崇高」の二つのベクトルに引き裂かれた近代人の「主体」のありようは、帝国主義的な〈知〉の欲望と裏腹の関係にある。インターネットや電子書籍の時代になってもその本質は変わらない。結果としてそれは、私たちが今立っている足場への批判として返ってくる。

十八～十九世紀にかけての活字出版文化の隆盛と、書物市場の成立、それとベネディクト・アンダーソンがいう「国民国家」の創設とが連動する。初等中等教育の普及浸透、図書館や博物館、美術館などの近代的装置を通じての、〈知〉の「民主化」と「画一化」、そして「商品化」とが、あたかもブルドーザーで地ならししたかのように、積極果敢に推し進められたのだ。そうであってみればなおのこと、異邦人（遅れてきた読者）であることの意味が、一層の重みを増してくる。
読めないテキストの前に立たされたときの要領を得ない不透明感。こちらの理解をはねのける文字列（エクリチュール）の物質性。自明性の欠如ゆえの吃音と、言いよどみ。たとえば小峯のいう「片仮名小書き体」は、漢字漢文に対したときの違和から生まれたグロテスクな文体だ。そこにはまさに、異邦人（遅れてきた読者）の立場からするつまずきの刻印がある。また高木の紹介した『安愚楽鍋』の驚くべきメディアミックスぶりは、統合失調症のそれであり、ほとんど狂気の沙汰だ。江戸はまさに異文化なのである。というか、古典とはそもそも、私たち近代人の理解を越えた狂気の言説であって、それとの出会い／出会いそこないをいかに演出し再現表象するかという点にこそ、文学研究のだいご味はある。

藤本夕衣『古典を失った大学—近代性の危機と教養の行方』（NTT出版）を面白く読んだ。イデオロギーとしての「大きな物語」が失墜し、価値相対化のニヒリズムの風潮に蝕まれた「ポスト・モダンの大学」の現状を憂えて、L・シュトラウス、A・ブルーム、R・ローティーの三人の思想家が、それぞれに古典重視の発言をしている。多分にアイロニカルなもの言いとはいえ、そこでの彼らのねらいもまた、異邦人（遅れてきた読者）として古典的文芸作品（グレート・ブックス）に真摯に向き合うことで、そのつどの「出来事／事件」の一回性を回復することに定められていた。

初出一覧

【プロロゴス】　はじめに（本書の概要）（書き下ろし）

【パロドス】　注釈、翻訳、犯し、あるいはリベラル・アーツとしての〈もどき〉の諸相（書き下ろし）

【第一エペイソディオン】　格子からの逃走——道長VS式部（『日本文学』65—11、二〇一六）

【第一スタシモン】　忌まわしき〈嵯峨〉のトポス——『源氏物語』の作者紫式部にみる、ひそやかな反逆（桜井宏徳他編『藤原彰子の文化圏と文学世界』武蔵野書院、二〇一八）

【第二エペイソディオン】　『更級日記』末尾の一節——〈他者〉のことばで、作品が終わっていいのか？（『日本文学』42—10、一九九三）

【第二スタシモン】　狂言綺語へのあらがい
――『更級日記』から『源氏一品経表白』をへて『無名草子』へ
（高橋亨編『〈紫式部〉と王朝文芸の表現史』森話社、二〇一二）
【第三エペイソディオン】　慈円『愚管抄』解題
（岩波講座『日本の思想6』岩波書店、二〇一三）
【第三スタシモン】　喰ってかかる『愚管抄』
――ゆらぐ歴史叙述と、そのなかでの『今鏡』の位置
（加藤静子他篇『王朝歴史物語史の構想と展望』新典社、二〇一五）
【第四エペイソディオン】　グローバル資本主義のもとに生きる〈縁〉なき衆生は、
いかなるフェティッシュを夢見るか？
（『日本文学』68―4、二〇一九）
【第四スタシモン】　頼朝の二つの顔
――『貞永式目』から読む『曽我物語』
（二〇二〇年秋の「中世文学会」大会での口頭発表をもとに、書き下ろし）
【エクソドス】　吃音とエクリチュール
（『日本文学』62―4、二〇一三）

毎年恒例のことであるが、次年度開講科目について、講義担当者にはこの時期、シラバス（＝講義計画書）の作成が義務付けられる。しかも年度を経るごとに、その記入項目は増える傾向にある。

「ディプロマ・ポリシー（＝卒業要件の方針）」に関連して、その講義内容が受講者に対し、どのような付加価値を与えるものなのか、「自立した良識ある市民としての判断力と実践力」を身につけさせるものなのか、「国際的感性とコミュニケーション能力」を身につけさせるものなのか、それとも「時代の課題と社会の要請に応えた専門的知識と技能」を身につけさせるものなのか、そのいずれかをあらかじめ選択し、明示することについては、すでに数年前からシラバスへの記入が義務付けられていた。

〈リベラル・アーツ〉に関していえば、「自立した良識ある市民としての判断力と実践力」を身につけさせることを目標にすえ、カリキュラムの中にその居場所が与えられる。だがそれらの項目に加え、さらに「アクティブ・ラーニング」を積極的に導入すべきことや、「実務経験のある教員による授業科目」への移行が望ましいとする項目などが付け足されてくると、多人数教育が常態の〈リベラル・アーツ〉はいかにも分が悪い。本年度にあっても、あらたに「SDGsを取り入れる授業科目」の項目が追加され、それへの記入が求められることとなった。

たとえば「本講義は、SDGs（目標12：「つくる責任、つかう責任」持続可能な生産消費形態を確保する）を視野に取り入れた授業です」といったように。

はてさて「日本古典文学」の講義は、目標として掲げられた17の項目のうち、どれにあてはめたらよいものか。

〈リベラル・アーツ〉はなんの役に立つのかという、社会からのこうした根強い要請に対し、どう応えていくのか。本書31頁の注（11）でも触れた大口邦雄『リベラル・アーツとは何か―その歴史的系譜』（さんこう社、二〇一四）に、どうやら糸口が見いだせそうだ。

〈リベラル・アーツ〉には大きく二つの流れがあって、まずその一つに、プラトン的な立場に立つことでギリシア・ラテンの古典を権威と仰ぎ、それを規範（イデア）として文化的統合をはかっていこうとする「アルテス・リベラーレス（ラテン語で「自由学芸」の意）」の伝統的な流れがある。それに対し、啓蒙期の実験科学の手法を組み込んで、古典の権威にとらわれることなく、ソクラテス的な立場から根源的な問いを投げかけていく「リベラル・フリー（「自由学芸」からのさらなる自由）」の変革の動きがあった。ヨーロッパ中世における普遍論争（実在論（リアリズム）と唯名論（ノミナリズム）の対立）や、宗教改革期以後に顕著となる〈宗教〉と〈科学〉の対立、初等中等教育段階とは区別された高等教育機関（大学）のカリキュラム特性も、この二つの流れに掉さすものとされる。

ブルース・キンボール『オラターとフィロソファー』（日本語の翻訳はまだない）に依拠しつつ、大口は後者の「リベラル・フリー」の特徴として、次の七項目を挙げる。

（1）自由を強調する。特に先験的な批評や規範からの自由である。
（2）知性と合理性を重視する。
（3）批判的懐疑主義を含んでいる。
（4）寛容の精神を特徴とする。
（5）平等性への傾向を特徴とする。
（6）市民としての義務以上に、個人の意志を強調する。
（7）リベラル・フリーの理念を立てることは、何かのためではなく、それ自身のためである。

「学ぶ程の余暇を持つ自由市民の教育」として一部特権的なエリートの子弟に対象が限られていた〈リベラル・アーツ〉を、デカルト、ニュートン、ロック、ルソー、ホッブス、カント、ヒュームなどの啓蒙期の思想に導かれて、より多くの人々に拓かれた内実へと変革すべく、旧態依然たる「アルテス・リベラーレス」との対抗の中で、弁証法的な綜合（キンボールはこれを双方の「順応（歩み寄り）」ととらえる）として立ち現れてきたこれら各項目の詳細については、実際に大口の著書（260頁）に当たってみて欲しいのだが、こうしてみてくるとそのどれもが、〈知〉の営みに携わるうえで研究者が身につけるべき基本姿勢を述べたにとどまらない。〈リベラル・アーツ〉に学ぶことで、自由と民主主義を今後とも死守し、将来へ向け、それをさらに深化・発展させていくために必須の、個々人の資質の育成が、そこでは目指されている。

戦後まもなく、連合軍最高司令部（GHQ）の要請で「米国教育使節団」が来日し、日本の戦後の教育改革を積極的に推し進めた。その結果、アメリカ型の〈リベラル・アーツ〉が日本の新制大学のカリキュラムの根幹にすえられた。戦勝国による教育制度の一方的な押し付けという要素はいなめないものの、背景には、高等教育のすそ野のひろがり〈いわゆる大学の大衆化〉の中で、伝統的な「アルテス・リベラーレス」に固執する流れと、それに批判的な「リベラル・フリー」との間での熾烈なカリキュラム論争が当時のアメリカでなされていたという事情があり〈それは一層過激な形で今現在も続けられているのだが〉、それがそのまま戦後の日本に持ち込まれたわけである。だが、そうした事情を知らぬままに、日本ではそれを、単なるパッケージ化された既存のカリキュラムとして受け止めた。

ならば古典を権威と仰ぎ、それによりどころを求める「アルテス・リベラーレス」と、それにたえず批判的なまなざしをさし向ける「リベラル・フリー」との対立葛藤という系譜的な流れに今一度立ち返り、その両者の、常に変動してやまないダイナミックな対抗関係のうちに、知的運動体としての〈リベラル・アーツ〉の特質を見ていくなら、〈リベラル・アーツ〉はおおいに役に立つ。

本書の成り立ちについて、最後にひとこと。武蔵野書院には【第一スタシモン】として収載した源氏物語論が活字化される際にお世話になった。それを口実に本書の出版を申し入れたところ、快くお引き受けいただいた。実証に基づく手堅い研究書を数多く世に送り出してきたことで定評のある出版社のシリーズの一冊に、評論とも研究ともつかない雑駁な内容のこうした代物を仲間入りさせていただくのは、なんとも気が引けたのだが、院主の前田智彦氏のご好意に甘え、本書を世に問うこととした。ご寛恕願えれば幸いである。

さらに付け加えれば、「物語研究会（通称モノケン）」および「馬琴の会」での知的交遊圏における刺激的できわめて挑発的な議論に触発され、その成果として本書がある。逐一お名前を挙げることはしないが、それぞれの会の構成メンバー（この一年間は出会いの機会を奪われているのだが）には、この場を借りて深く感謝したい。

コロナ禍に呻吟する首都圏の片隅にて

二〇二一年春

主要人名索引

か

き

く

ら

り

る

ろ

わ

著者紹介

深沢　徹（ふかざわ・とおる）

1953 年、神奈川県生まれ。立教大学大学院文学研究科博士前期課程修了。
神奈川大学教授。

著書

『中世神話の煉丹術―大江匡房とその時代』（人文書院、1994 年）
『自己言及テキストの系譜学―平安文学をめぐる７つの断章』（森話社、2002 年）
『兵法秘術一巻書 簠簋内伝金烏玉兎集 職人由来書』（編著、現代思潮新社、2004 年）
『『愚管抄』の〈ウソ〉と〈マコト〉―歴史語りの自己言及性を超え出て』（森話社、2006
『新・新猿楽記―古代都市平安京の都市表象史』（現代思潮新社、2018 年）他。

日本古典文学は、如何にして〈古典〉たりうるか？
――リベラル・アーツの可能性に向けて――

2021 年 4 月 23 日 初版第 1 刷発行

著　　者：深沢　徹

発 行 者：前田智彦

発 行 所：武蔵野書院
〒101-0054
東京都千代田区神田錦町 3-11 電話 03-3291-4859　FAX 03-3291-4839

装　　幀：武蔵野書院装幀室

印刷製本：三美印刷㈱

ISBN 978-4-8386-0493-7　　Printed in Japan